쥐잡이 냥이의 묘생역전 (하)

쥐잡이 냥이의

묘/생/역/전

하

안민숙 지음

프로방스

"피해자통합지원사회적협동조합"

VICTREE = Victim + Tree

빅트리는 범죄피해자를 위한 나무가 되어드리겠습니다.

범죄피해자 지원을 위해 설립한 빅트리는 경찰청 승인 단체입니다.

단체를 설립하고 피해자 상담과 지원을 위해 밤낮 가리지 않고 노력하고
있습니다.

비록 작은 단체이지만, 빅트리는 피해자 지원에 최선을 다하고 있습니다.

종일 동분서주하다가 귀가하면, 테오가 반깁니다.

늦게 귀가하는 날에는 테오가 현관 앞에서 문만 바라보고 있다고 합니다.

이런 사랑을 받는다는 건 행복이지요.

나에게, 그리고 가족들에게 테오는 일부가 되었습니다.
눈이 짝짝이어서도 아니고, 털이 비단 같이 보드라워서도 아니고, 양양
거리는 목소리가 사랑스러워서도 아니고...
그냥 테오는 우리 가족의 일부가 되었습니다.

가족들은 집에 들어서면 테오부터 부릅니다.
어디서 자다가 부스스 기어나온 듯한 테오는 길게 기지게를 켜며 우리 곁
으로 다가옵니다.
열심히 업무처리를 하다가 문득 고개를 들면 테오가 빤히 바라보고 있습
니다.

눈이 마주치는 순간 테오는 보채기 시작합니다.
어쩌면 우리는 테오가 보채기를 기다리는 지도 모르겠습니다.

그렇게 테오는 우리 가족의 일부가 되어 우리를 즐겁게 위로해 줍니다.

"테오야, 우리는 너를 사랑한다."

차 례

다시 안녕하세요

테오가 우리 곁에 온 지 벌써 1년이 지났어요.
새해를 맞이하며 테오와 함께 쉴 수 있을까 했지만, 정초부터 할 일이 넘
칩니다.

촌냥이 테오는 이젠 어엿한 도시냥이가 되었어요.
지금은 가족의 일원으로서, 벌러덩 빈둥거리고 이방 저방 가족들 찾아다
니며 참견도 하고 벌레 잡는답시고 펄쩍거리기도 합니다.

여느 때처럼 컴퓨터로 문서작업을 하던 중, 문득 테오가 빼꼼하고 고개
를 내밉니다.

"엄마, 뭐 하세요?"

"일하신다."

"나랑도 놀아주셔야죠."

"잠시만 기다려."

"이젠 그만 기다리고 싶어요. 저랑 놀아주세요."

일 그만하고 테오랑 숨바꼭질이라도 해야겠어요.

엄마… 또 일하세요?

봄이 왔어요

"엄마, 일어나세요."

눈을 뜨니 테오가 내려다보고 있어요.

"테오는 참 부지런하구나. 착한 녀석."

봄이에요.
참 좋은 날이에요.
그런데 마음에 그늘이 있어서인지 신나지 않아요.

양귀비가 밝게 웃습니다.
나도 웃으래요
그래 웃자!!
웃으면 복이 온다잖아요.

웃으면 양귀비처럼 예뻐집니다.

엄마, 인생 별거 없어요. 대충 사세요.

처용도 울고 갈 테오의 자태

서울 밝은 달밤에 밤늦도록 놀고 지내다가
들어와 자리를 보니 다리가 넷이로구나.
둘은 내 것이지만 둘은 누구의 것인고?
본디 내 것(아내)이다만 빼앗긴 것을 어찌하리.

이게 뭔고?
처용이 울고갈 자태로다.

우중충한 날이면,
테오는 감기 걸릴까 봐,
기가 막히게 이불 속으로 파고듭니다.

오늘 같은 날
테오가 부럽습니다.

"엄마, 돈도 못 벌며 뭐하러 나돌아 다니세요?"

"이놈아, 돈이 다가 아니야."

"그런다고 누가 알아주지도 않잖아요. 저랑 놀아요."

뼈 때리는 테오의 눈빛이 뒤통수를 아프게 하네요.

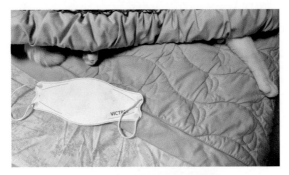

처용도 울고 갈 태오의 자태

불면증

자야 하는데…
어찌하다보니
날 샜어요.

테오는 뭐했다고
참 잘도 잡니다.
테오는 하루에 20시간을 자는 것 같아요.

대상포진이 스멀거리고 올라오고 있어요.

"테오야, 네가 엄마 대신 상담할래?"

"엄마, 일단 밤에는 자고 내일 대화해요."

깨어 있는 모습을 보기 힘든 레오에요. 미남은 잠꾸러기!

한강수

찔레꽃 붉게 피는
남쪽나라 내 고향

중부지방에도 찔레꽃이 화들짝 피었어요.
섬엔 여전히 아침부터 물청소를 합니다.
맨날 아침마다 바닥을 청소하는 이유가 뭘까요?
결국 우리가 낸 세금을 물처럼 쓰는 현장을 목격한 거겠죠.

누가 나에게 그러더라고요.

"가진 게 많아서 얼굴이 편안해 보이세요."

에라이!

네가 내 속을 알아?

시꺼멓게 타서 탄광입니다.

석탄 캐도 될 겁니다.

그래서 쓸데없는 참견은 가급적 줄일 겁니다.

"엄마, 그러니까 저처럼 대충 사세요."

"그래야 할까?"

레오야, 그만 자고 꽃구경 가자!

지지리 궁상

"엄마, 뭐 하세요?"

"깜짝이야! 양말 꿰매지."

"지금은 양말 기어서 신는 시대가 아니에요."

숨어보던 테오한테 딱 걸렸습니다.
운동할 때 신는 양말은 면이라 바닥에만 작은 구멍이 생기곤 해요.
작은 구멍이 생긴다고 버리긴 아까워요.
중학교 시절 배운 바느질 솜씨로 거미줄 모양을 내봅니다.
지지리 궁상이지요.

인기리에 방영 중인 sbs〈모범택시〉엔딩 자막에 빅트리 소개가 나간답니다.
왜 이제 말하냐고 작가님에게 혼나고… 다음 주 마지막 2회에는 빅트리 소개 자막 나갑니다.
모범택시 열혈 방청 및 빅트리에 대한 응원도 부탁드립니다.

피해자통합지원사회적협동조합(빅트리) ; victree.or.kr.

저처럼 맨발로 사세요.

하루가 짧아요

아이고 힘들다….
종일 상담하고, 회의하고, 여기저기 연락 주고받고….
하루가 후딱 갔어요.

이제 집.

"엄마, 불 켜지 마세요. 눈부시잖아요."

"네가 뭐 했다고 잠만 자니?"

"먹고 사는 게 얼마나 힘든데요."

그래.
먹고 사는 게 얼마나 빡빡한데…
하루하루를 쳐내는 것 같아요.
내일도 잘 보내기로 해요!!

불 켜지 마세요. 눈부시잖아요.

화무십일홍

나보기가 역겨워 가실 때에는
사뿐히 즈려밟지 말고 가세요.

"엄마, 가지 말고 나랑 놀아주세요."

아침마다 저러고 놀아달라 조릅니다.

"나도 너랑 놀고 싶다."

화무십일홍이라지만.
산책길에 만난 양귀비의 유혹을 떨칠 수 없네요.
저렇게 붉은 꽃잎으로 얼마나 많은 남성의 마음을 흔들었을까요?
여자인 나도 반하겠어요.

'그래, 잘났다.
네가 제일 잘 나간다.'

엄마, 엄마, 레오 좀 봐주세요. 이래도 그냥 가실 건가요?

화무십일홍, 내일이면 지고말 것을…

피해자 지원

자비 지원.
엄청 버겁습니다.
그러나 외면당할 때마다 돈도 권력도 없는 피해자 생각하며 마음을 다잡습니다.

여러 국회의원들에게
여러 번 상처 받아서
이젠 정치하는 분들 쳐다도 안 보려 합니다.

그런데 딱 한분,
민영진 관악구 의원.

이분만 열심히 도움 주시려 노력합니다.
빅트리 자문위원으로 위촉했습니다.
감사합니다.

상담 끝나고 집에 돌아오니…

"엄마, 여자가 밤이슬 맞고 다니는 거 아니에요."

아직 성인지감수성이 조선 시대를 달리는 테오가 이불 속에서 잔소리합
니다.

민영진 관악구의원을 빅트리 자문위원으로 위촉

SBS 드라마 〈모범택시〉

천둥과 번개를 동반한 비를 맞으며.
하루종일 동분서주했답니다.

쬐쬐쬐해져서 하루 일과 마치고…
너무 배가 고파,
야밤에 라면으로 허기를 채웠어요.
시장이 반찬이더라고요.

"엄마, 저는 냥이밥 많이 먹어서 일어나기도 귀찮아요."

"좋겠다, 테오야."

SBS 드라마 〈모범택시〉

오늘부터 빅트리가 떡하니
엔딩 자막에 소개되었어요.

힘들고 억울한 피해자분들,
언제든 힘닿는 데까지 도와드리겠습니다.

6월 4일 〈그것이 알고싶다〉에 인터뷰영상 아주 잠깐 나갈지도 몰라요.

배 부르고 등 따스우니 일어날 이유가 없죠!

뱀딸기

뱀딸기가 많다는 것은
주변에 뱀이 있다는 거죠.
가끔 마주칩니다.
물리면 아픈 정도가 아니라…
죽는다네요.
살모사!

여름 배추가 실하게 크고 있어요.
담달엔 배추김치 담가야겠어요.
고추도 예쁘게 자리 잡혀가고,
토마토는 엄청 잘 크고 있어요.(자랑입니다.)

촌고양이 테오.

"엄마, 난 발에 흙 안 묻히는 고양이에요."

"웃기지 마라. 태안 촌구석에서 뒹굴던 촌뜨기 주제에."

"힝~ 생각 안 나요."

테오가 시골냥이 출신이라는 것을 부정하네요.
그런다고 출신이 바뀌지는 않는데 말입니다.

신분세탁냥 테오, 안기사 운전해~

여유

놔멕이는 냥이들이에요.
애들은 자유분방해요.
지들 맘대로 들락거려요.

이젠 밥 달라고 조르기도 해요.
고기 굽고 있으면,
바짝 다가와 쳐다보고 있어요.
고기 남으면 애들 차지에요.
우리는 일부러 고기를 남기죠.

밖에서 살아가는 애들의 고달픔…
사람이나 냥이나…
밖에서 먹고 살려면 얼마나 고달플까요.

아프지 말고
다치지 말고
오래오래 살거라.

"엄마, 저도 저 애들이랑 놀고 싶어요."

우리 애들이 굶고 있어요. 고기 좀 주세요.

"안돼. 어딜 땅을 밝으려 하니!"

"엄마는 맨날 안 된다고만 하네요. 칫!"

테오가 꼬라지를 피웁니다.
그래도 안 되는 건 안 되는 거죠.

"테오야, 그래도 엄마가 너 사랑해서 그러는 것 알지?"

"몰라요. 건드리지 마세요."

사랑은 구속하지 않는 거예요.

당신에게서 꽃내음이 나네요

장미덩쿨 속에 있음…
꽃도 예쁘지만…
향기가 참 좋아요.

노량진수산시장을 지나가려면 썩은 생선냄새가 나듯이…
각자에게서 풍기는 향이 있을 겁니다.
나에겐 무슨 향이 풍길까요?

아차!
그래서 잘 살아야 하나봐요.

"엄마, 나에겐 무슨 향이 나요?"

"게으른 아가 향기."

"이불 다시 덮어주고 나가세요."

"오늘 밤엔 목욕하자. 테오야!"

레오야 목욕하자.

어영부영 밤 10시가 되었어요.
방금 오늘의 상담 끝.

낮에는 외부상담 늦을까봐 서둘러 가다가…
튀어 나온 보도블럭에 타이어가 찢겼어요.
엠헌 타이어 교체하느라 돈 좀 썼습니다.

앵두나무 우물 아래
동네 처녀 바람났네

집 인근엔 앵두나무가 몇 그루 있어요.
앵두가 어찌나 탐스럽게 많이 맺혔는지 자꾸 눈길을 끕니다.
다행히 우물은 없어요.

"엄마, 바람 피우면 어떻게 되나요?"

"걱정마. 넌 바람 못 피워."

앵두나무엔 그늘이 없던데요.

엄마, 나는 왜 바람 못 피워요?

수어

수어를 배우기 시작했어요.
몇년 전부터 배우려다가…
이제 시작했네요.
어찌나 재미난지 몰라요.
장애가 있는 분이 범죄피해를 당할 수도 있을 것 같아 준비해 봅니다.

덕분에 얼굴이 10년은 늙어 보여요.
누가 보면 중년인 줄 알겠어요….
고생을 많이 해서 나이에 비해 늙어 보여서 그래요.

"테오, 엄마가 수어 가르쳐줄까? 공짜야."

"엄마, 난 그런 거 몰라요.
저는 잉어, 숭어 그런 게 더 좋아요."

배 부르고 등 따슨 테오는 아무 생각이 없나
봅니다.

'테오야. 나도 푹 자고 싶다.'

엄마는 수어를 좋아해. 나는 잉어를 좋아해.

매일유업에게 거절당하다

경제적으로 매우 어려운 피해자를 지원하고 있어요.
생계비가 없어 당장 생활이 어려운 지경인데,
장기간 가정폭력에 시달리고 계세요.

피해자는 위와 장에 문제가 있어 식사를 못 드신다고 해요.
주로 요플레 등의 유산균 음료와 생수로 연명하신답니다.
그래서 매일유업에 지원요청을 했어요.

오늘 매일유업으로부터 받은 답입니다.
뭐, 대단한 거 요청한 것도 아닌데 거절을 합니다.
마음이 안 좋아요.

"엄마, 그러니까 남의 일에 참견하지 마세요."

"엄마 건드리지 마라!"

"에라, 모르겠다. 저는 잠이나 잘래요."

〈안민숙 고객님, 안녕하세요.〉

매일유업 고객센터입니다.

우선 저희 매일유업에 대한 관심에 감사드리며

고객님께서 남겨주신 안타까운 사연은 잘 읽어보았습니다.

다만, 긍정적인 답변을 드리지 못해 대단히 죄송합니다만

현재로는 자사의 후원 관련 예산 편성이 완료되어 도움을 드리기가 어려울 것 같습니다.

이 점 너그러운 이해 부탁드립니다.

그럼 오늘 하루도 행복하시고, 댁내 좋은 일들만 가득하시길 기원합니다.

감사합니다.

이제 매일우유 안 마실래요.

팔자

점쟁이들이 그랬어요.
난 사주팔자가 어마무시하게 좋아서,
꽃가마 탈 팔자라고요.

다섯가지 복을 다 갖춘 여자라서
원하는 건 다 가질 수 있다고!

"그런데 이러고 삽니까?"

지금 X차 탑니다.
따졌더니…
엄청 유명한 사주팔자 보는 아저씨가 그랬어요.

"끝난 게 끝난 것이 아닙니다.
복중에 늦복이 최고입니다."

그래 두고 보자.

"엄마, 나랑 같이 영원히 행복하게 살아요."

꽃길만 걸을 줄 알았어요. 꽃길만 걷고 싶었어요.

"그럼 그럼. 그러자꾸나."

눈치 빠른 테오가 눈웃음으로 시내루를 칩니다.

하나님, 많은 것을 주셔서 감사합니다.
지금도 충분히 많이 주고 계십니다.
사랑합니다~~♡

엄마, 이 정도면 행복한 겁니다. 감사할 줄 아셔야죠!

시골 가자 테오야

나도 보리수 땁니다.
지난주엔 초록초록하던 보리수가
이번 주에는 보석처럼 빛납니다.
어쩌면 저리 반짝일까요.

나는 아무리 꾸며도 빛이 바래서 광이 나지 않아요.
슬퍼요.
그래도 나름 발랄하게 살아보려고요.

"엄마, 연세를 고려하세요."

"내 나이가 어때서?"

엄마, 나는 시골 가기 싫다니까요.

교도소 수용자상담

갑자기 오전에 화상상담(교도소)이 취소되어,
갑자기 한가해졌어요.
세상에나, 이럴 때도 있네요.

주말을 돌아보니 나름 즐거웠어요.

수박을 먹기 전에 이런 짓을 하시는 분.
고기는 역시 장작불에 구워야 불맛 난다며, 어찌나 정성껏 고기를 굽던지.
덕분에 맛있고 행복한 식사였어요.

"엄마, 난 차 타는 거 별로에요."

"시골 다니려면 차는 필수야."

"쉬었다는데 나는 왜 이렇게 피곤하죠?"

시골에서 뒹굴던 테오, 몰골이 가관입니다.

목욕하자 테오야.

나를 꼭 데리고 다니셔야 겠어요?

No show

"앗, 엄마가 이 시간에 왜 집에 계세요?"

"바람 맞았다."

"감히 누가 울엄마를…."

"국회의원실. 두 번째야."

"국회의원이 뭐에요?"

"네가 가끔 잡아 오는 바퀴벌레 같은 존재라고나 할까."

"아, 느낌은 안 좋네요."

"그렇지? 죽지도 않고 4년마다 또 나타나거든. 선거할 때는 여기저기 나타나다가 선거 끝나면 꽁꽁 숨어버리지."

"근데 엄마, 이 동네는 왜 이렇게 누추해요?"

"50년 돼서 그래."

"그럼 다시 짓죠? 수도에서 녹물 나오는데."

"내 집이라도 내 맘대로 못해요."

"헐~ 나도 새집서 살아보고 싶은데."

"그것도 국회의원에게 말해봐."

이래저래 흐린 날이네요.
그래도 파이팅 합시다!!

에미야, 청소 좀 해라.

꾸준히 달려요

비 오는 산책길에
달팽이가 열씸히 뛰어갑니다.
헐레벌떡….
꼭 나 같아요.
밝으면 으스러질 잘난 집 한채를 방패랍시고.

비 맞은 갈매기는 날지도 않고 처량을 떱니다.

"엄마, 달팽이 잡아 오시죠"

"뭐하게?"

"갖고 놀게요."

"그럼 못써! 달팽이도 생명이야."

"힝~ 엄마는 고기도 먹으면서요."

"미안하다. 오늘 고기 먹으러 간다."

달팽이를 잡아 오시던가, 새를 잡아 오시던가…

길거리 삶에도 행복은 있겠죠

오이도 커가고
고추도 커가고
손바닥텃밭은 풍요로워집니다.

우리집 마당을 차지한 고양이 가족이에요.
반대편엔 회색냥이네 가족이 살아요.
절대 도망가지 않아요.

비가 오면 비를 맞고,
눈이 오면 눈을 맞으며,
주린 배를 채우기 위해 여기저기 먹이사냥을 하러 다니는 아이들이죠.
쟤네들도 행복하겠죠?

"테오야, 미안하다. 네 밥 애들한테 나눔했다."

애들을 위해 커다란 사료 푸대를 들여놨지만…
테오 밥을 자꾸 퍼다 주게 됩니다.
테오는 착해서 이해할 겁니다.

아가들만 놔두고 아빠엄마 냥이들은 먹이 구하러 갔나 봐요.

오이, 상큼함이 마구 뿜뿜합니다.

은둔고수

테오는 시사프로그램 시청을 좋아해요.
알쓸범잡, 이런 프로에 초집중해요.

"엄마는 왜 여기 안 나와요?"

"글쎄, 안 불러주네…"

"엄마는 실력이 부족한가 봐요?"

"그렇지 뭐. 에휴, 상처 되네."

"괜찮아요. 엄마는 밥 잘 드시잖아요."

"그래. 난 밥이나 잘 먹어야겠다."

"유명하지 않은 엄마지만, 난 엄마가 젤
좋아요."

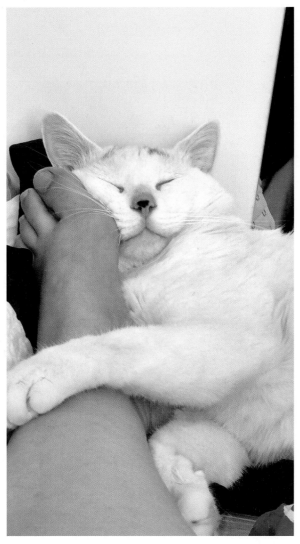

레오는 엄마가 젤 좋아요.

채식주의자

비가 오기에
비를 맞으며
오이도 따고,
고추도 따고,
가지도 따고,
따고 또 따고…

무엇 보다 최애 나물 중 하나인 비름나물도 빼놓을 수 없죠.

"엄마, 나도 베지테리안이 되볼까요?"

"하하하, 말이 되니?"

"나도 다이어트가 필요할 것 같아서요."

왜 내가 찔릴까요?
근데 코끼리도 야채만 먹는단 말이죠.

야채를 무슨 맛으로 먹는다는 건지 이해가 안 가요.

보리수잼

남은 보리수를 모두 수확하여 잼을 만들었어요.
끓이고 끓이다, 씨를 모두 건져내고⋯
무한한 인내심과 엄청난 땀을 흘려야 해요.
몇시간을 끓였어요.
올리고당 쬐끔 넣었어요.

한냄비로 시작했는데⋯
꼴랑 두병 남았어요.

엄~~~~~청 시고
엄청~ 달달해요.
빵도둑입니다.

"엄마, 오늘도 야채만 먹나요?"

"그럼. 너는 채식주의라며?"

"그건 그냥 해본 말이고요. 오늘부터는 육식주의로 전환모드에요. 고기
주세요."

레오는 야채에 불만이 가득합니다.

예산 아끼세요

테오, 청소기와 갈등.
청소기만 보면 인상을 팍팍 써요.
지나가다 청소기를 보면 한대 패고 도망가요.
결국 미니청소기와도 대치 중입니다.

오늘도 여전히 섬엔 물길 바닥청소 중이에요.
매일 아침마다 저래요.
한사람은 청소하고…
3~4명은 구경하고….
비 오는 날도 물길을 청소해요.
물을 채우지 않은 날도 청소를 해요.

지역구 의원실에 전화했어요.

"왜 매일 물길 청소를 하나요?"

"그건 저희도 모르는 일인데요."

"알려드렸으니, 상황 파악해서 알려주시기 바랍니다."

한달이 넘은 것 같아요.
얼마 전 팩스를 보냈어요.
아직 답이 없어요.

지역주민의 질문은 개똥인가 봐요.
개무시하네요.

"테오야, 한대만 패주라!"

너 한 대만 맞자!

흡혈모기

섬에는 모기가 많아요.
집들이 죄다 썩어서 그런가 봐요.
밤마다 모기와 사투를 해요.
결국 새벽 4시에 깨어 모기를 잡느라
억울하게도 새벽잠을 포기했어요.

섬에는 이방새도 많아요.
바다에 있어야 할 갈매기들이 판을 쳐요.
뭐든 제자리에 있어야 마땅하겠죠?

나도 제자리에 있나?
생각이 많아지는 건 뭘까요?

"아함~ 엄마, 식전 댓바람부터
어딜 돌아다니세요?"

"동창이 밝았느냐. 노고지리 우지진다. 일어나라, 테오."

"사료나 한그릇 흡입해야겠어요. 아침밥 주세요."

"테오야, 다른 고냥이들은 쥐도 잡아 오던데 너는 모기라도 잡아서 밥값 좀 해라."

"일단 아침밥 먹고 생각해 볼게요. 사료 대령하세요."

상팔자 테오가 부러운 새벽이었습니다.

아함~ 엄마는 도대체 언제 주무세요

서울시 의원나리

서울시 모의원을 만났습니다.
피해자 지원에 조금이라도 도움을 받고 싶어서죠.

피해자 만나 상담을 하다가
높으신 분 만나러 가야해서
울고 있는 피해자를 겨우 달래고,
떨어지지 않는 발길을 돌렸어요.

열심히 달려가 비싼 주차비 내야 하는 시내 한복판에 주차하고
(피해자 드릴 지원물품 싣고 다녀야 해서 차가 필요함)
헐레벌떡 달려갔어요.

기대를 했었죠.
개뿔~
법무부 가서 할 말을 왜 서울시 와서 하냐고… 의원나리가 반문을 합니다.

서울시 주민 중에 범죄피해자, 그중에서도 취약한 분들 도와 달라는데
법무부 운운하는 서울시의원님.
그러면 다음엔 정권 바뀝니다.

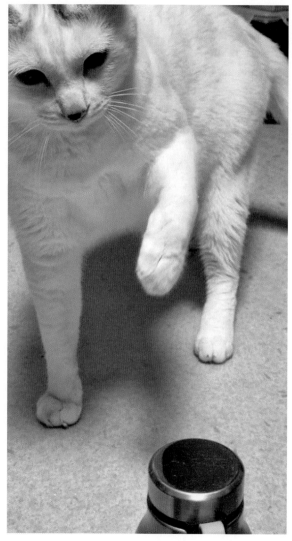

피해자 무시하는 너, 한 대 맞자!

어느 구의원님은
생각지도 못하게 구청직원들 줄줄이 불러가며 지원방법 찾아봅디다.
최소한 더운 날씨에 달려간 사람에게
물 한모금도 주지 않았으면,
거들먹거리지는 말아야죠.
문전박대 당했습니다.

난 정치를 모릅니다.
관심도 없습니다.
근데 자꾸 파란색에 거부감이 생깁니다.

"엄마, 내가 때려줄까요? 요렇게 요렇게!"

"그래. 엄마 마음 알아주는 테오야. 그 의원은 왜 너만도 못하니?"

"기분 나쁘게 그런 사람에게 비교하지 마세요."

오래 살다 보니

오늘은 별일이 3건이나 있었습니다.

1. 선생님께 밥 얻어 먹어본 건 오늘이 처음입니다. 감사합니다 교수님.

2. 우연히 알게 된 분을 느닷없이 만났습니다. 별일은 개인정보라… 비밀이에요.

3. 몇년 전 어떤 과정에서 스치듯 알게 된 분(심지어 동기도 아니다)이, 느닷없이 자두를 보내주었습니다. 몇년 전에 그분의 고향에 자두가 많다는 걸 내가 부러워했었는데, 잊지 않고 보내셨답니다. 감사합니다.

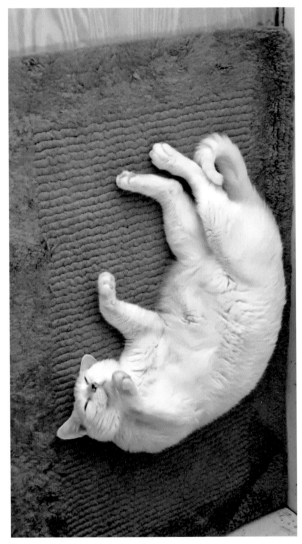

엄마, 바닥에 흘린 스파게티면은 언제 치울 건가요?

왠일이니!

암튼, 난 마지막 별일에 침 질질 흘리고 있습니다.
테오가 저쪽에 앉아 눈을 흘기고 있습니다.

"엄마, 체통을 지키세요!"

"원래 자두를 보면 침 흘리는 건 조건반사야."

"엄마가 개는 아니잖아요. 침은 개나 흘리는 거예요."

이젠 테오한테까지 무시당합니다.

자가격리

올 것이 왔어요.
지난주 만난 피해자가 양성이라고 연락받았어요.

일요일에 구청에서 연락받고
자가격리 시작.

오늘 아침 "음성" 판정 통보받았어요.
참 많은 생각들이 교차하더군요.

지난주 만났던 피해자들, 지인들, 참석했던 모임과 결혼식.
그리고 가족.

그들이 나로 인하여 얼마나 많은 피해를 입을 것인지.
다행히 음성이래요.
그래도 자가격리는 계속입니다.

보건소에 검사받으러 갔더니 프리패스더라고요.
기다림 없이.
자가격리 키트도 받아와서 열심히 숙지하고 온도 재고.
테오는 여전히 미니청소기와 대치 중입니다.

테오는 바보탱이!

덤벼봐 이 자식아!

잔디를 위한 노동

피양인가 휴가인가
취미인가 노동인가
나를 위한 잔디인가,
잔디를 위한 나인가.

하이고~~
잔디 20%, 잡초 80%
겨우 10평 정도 잡초 뽑다가,
열병 나서 돌아가시겠어요.
뽑은 거 태도 안 납니다.
이 많은 잡초를 언제 다 뽑을 수 있을까
요?

코로나 보다 열병이 더 두려운 시골살이.
밤마다 집안을 들여다보는 손톱만한 개구락지들.

"개구리, 넌 관음증이야!"

남의 집 들여다봐도 크게 처벌받지 않는다는 한국의 개법을 시골 사는
개구리도 안다는 현실이 어이없습니다.

재미 있는 구경거리가 있나요?

에이, 볼 것도 없구만. 나는 TV나 볼란다.

더워요

서울은 너무 더워요.
낮 시간에 활동한다는 것이… 힘. 들. 어. 요.

그리하야~
낮 12~3시 취침.
3시부터 작업.

"엄마, 일하지 말고 노세요."

"어떻게 놀기만 하니?"

"나처럼 이리 뒹굴 저리 뒹굴하면 되
지요."

팔자 편한 테오는 정말로 이리 뒹굴 저리 뒹굴하며 눈만 굴리고 있어요.
아무리 더워도 할 건 해야 하는 현실이 야속합니다.
우리도 열대 문화처럼 낮잠을 자야 하는 거 아닐까요?

에미야, 에어컨 빵빵하게 켜봐라.

꽃보다 수명

아침 일찍부터 풀을 뽑았어요.
자색고추가 참 실하기도 하죠?
보기 좋은 고추가 맛도 좋답니다.

저녁은 요렇게 소박합니다.
저 넘어 보이는
미니화로에 연기 보이시죠?
고기 굽는 것 자랑하는 거예요.

문득,

고개를 드니

스타게이지가 화들짝 폈어요.

난 쭈그러드는데 말이죠.

그래도 내가 너보다 더 오래 살아 남을 게다!

매우 소박한 저녁 한끼

덥다.
무덥다.
진짜 덥다.

이 와중에 꽃선물을 받았습니다.
대단히 해준 것도 없는데
꽃보다 고운 사람이 꽃을 보내줬습니다.
어려운 시기를 이겨내고 취업을 했답니다.
보람이 큽니다.

'취업 축하해요~♡'

오늘도 더워요.

"엄마, 더울 땐 일하지 말고 영화 보세요."

테오는 해리포터에 푹 빠졌습니다.
저러다 지팡이 사달라고 조를 것 같아요.

축하해요. 이젠 행복하게 지내세요.

가출냥 테오

까망 찰토마토가 맛있게 익어갑니다.
대추토마토도 곱게 물들어갑니다.
이젠 고추도 익어가요.

해가 뜨면 뜨거워서 밭에 나갈 수 없어 동트기 전 서둘렀습니다.

새벽에 가출했다 돌아온
테오의 몰골이에요.
뭐하고 들어왔기에 저렇게 뻗었는지 모르겠어요.

"뭘 그리 다 알려고 하세요."

떡실신.

자연은 참 신기합니다. 스스로 열매를 맺고 익어 갑니다.

생일날 인터뷰

좀 쉬려했더니…
갑자기 일정이 생겨 일요일 오후에 출근했어요.

에어컨을 켜도 영 시원해지지 않아요.
새로 설치한 에어컨의 작동 방법을 숙지하지 못한 결과입니다.
피디님이랑 카메라님께 민망하네요.
땀 흘리시는 것 봤어요.
에구, 죄송합니다.

"엄마, 이런 날씨엔 시골집 마루 바닥에서 뒹구는 게 최고에요. 요렇게~
저렇게~"

"맞다. 바닥이 시원하구나."

"이리 뒹굴~ 저리 뒹굴~~"

"이놈아, 체통을 지켜라."

"체통은 개나 주세요."

더위에 체통은 챙겨 뭐하겠습니까.
테오처럼 시원한 방바닥에서 뒹굴고 싶네요.

얼어 죽을 체통은 개나 주세요.

성희롱하지 마세요

일요일 오전에 휴가를 끝내고 일상을 시작했어요.
3시에 인터뷰.
4시에 예방주사 맞고.
5시에 상담.
6시에 상담.

토마토가 풍년이라 데쳐서 끓여놨어요.
김장에 넣어야겠습니다.
김치 담글 때 토마토를 넣으면 맛이 좋아집니다.
천연조미료입니다.

요녀석은 남자토마토인가봐요.

"테오야, 너보다 실하다. 크크크"

"엄마, 이거 성희롱이에요."

"테오야, 성희롱은 직장 내에서만 성립한단다."

* 성희롱이란 "업무, 고용 기타 관계에서 공공기관의 종사자, 사용자 또는 근로자가 그 지위를 이용하거나 업무 등과 관련하여 성적 언동 등으로 성적 굴욕감 또는 혐오감을 느끼게 하거나 성적 언동 기타 요구 등에 대한 불응을 이유로 고용상의 불이익을 주는 것"(1998년 2월 8일 제정된 남녀차별금지 및 구제에 관한 법률 제2조 2항)을 말한다(다음백과).

비교불가!

마늘이 비싸요

어찌하다보니…
마늘을 늦게 마련했어요.
올해 마늘값이 작년에 비해 2배 이상 비쌉니다.
농부님들 쏠쏠하시겠어요.

올해는 남해 마늘을 구입했습니다.
서산마늘, 의성마늘….
모두 비교한 결론이에요.
마늘값이 너무 올라 10키로만 구입했어요.
쪽을 떼어 망에 넣어 보관하면 오래 두고 먹을 수 있어요.

"엄마, 내 사진 내려주세요."

"왜?"

"저도 부끄러움 타거든요."

테오가 옆에 앉아 자꾸 칭얼댑니다.

"창피하면 조신하게 다리 닫고 자라.

너도 대선 출마할거니?"

벌써 김장을 준비합니다. 깐마늘 사 먹는 게 적응이 안 되어 해마다 마늘을 장만합니다.

습득물 신고

오늘 상담실 가는 길에….
지갑을 주었어요.
지갑의 안쪽에는 오만원권이 제법 많이 들어있었어요.
여러 장의 카드와 사진도 있더라고요.

섬엔 파출소가 별로 없어요.
어쩔 수 없이 112에 신고했어요.

5분 안에 온다던 경찰은 10분이 넘어서 도착했어요.
서류 한장 작성하는데,
혹시 주인 못 찾으면 내가 갖는다, 안 갖는다
체크해야 되요.
어디에 표시했게요?

"엄마, 돈도 없는데 넙죽 주워오시죠."

"이놈아, 양반이 그럼 안 되는 거야."

"얼어죽을 양반. 에라 모르겠다."

근심 걱정 없는 테오는 벌러덩 누워버립니다.

이 지갑이 주인에게 갔는지 안 갔는지는 어떻게 알 수 있을까요?
출동한 경찰나리가 엄청 기분 나쁘게 틱틱거리던데 말입니다.
주인 찾아주었는지 알려달라고 부탁했는데, 들은 척도 안 하고 가버리네요.

지갑 분실하신 분, 파출소에서 찾아가세요.

엄마, 양심은 개나 주시고, 저에게는 돈을 주세요.

인공친화적인 섬

간만에…
부푼 배를 안고
내일을 희망하며
섬 반바퀴 돌았어요.

자연 친화적인 삶을 꿈꾸며 길을 나섰죠.
웬걸!
섬은, 인공친화적인 콘크리트로 변해가고 있어요.
돈이 썩었나 봅니다.
왜 엄한 데다 예산을 퍼붓는지 몰라요.

오늘 아침에도 여전히 물길을 열심히 물청소하는 아저씨들.
물길을 하루도 빠짐없이 청소하는 이유는 뭘까요?
사촌이 땅을 산 것도 아닌데, 배가 아파요.

"엄마, 신경 쓰지 마세요."

"그래야겠지?"

"저처럼 걍 편하게 사세요."

"엄마는 왜 그게 안 될까?"

인공친화적인 섬을 위한 예산 낭비!

차별금지법

신기하게도 날씨는 날짜에 맞춤하네요.
어제부터 섬 반바퀴 돌기 시작했습니다.

남매는 지난 겨울도 잘 넘기더니,
폭염도 잘 넘기고 있네요.
반갑다 아가들아~.

고추인지 된장인지… 잠자리들이 떼지어 다녀요.
그래, 입추 지났다.

집에 들어오니 테오는 또 TV 앞을 지키고 있네요.

"엄마, 저거 먹고 싶어요."

"넌 그런 거 먹으면 안 돼."

"왜요? 엄마 아빠는 잘만 드시던데요."

"너는 아가 냥이라서 저런 것 먹으면 안 된다니까."

"차별하지 마세요. 차별금지법도 모르세요?"

헐~
테오가 두 살을 앞두더니 자꾸 문자를 씁니다.
두눈 똑바로 뜨고 따져대는데…
할말이 없네요.

---

* **차별금지법(差別禁止法)** : 특정 소수자 집단에 대한 차별을 막기 위한 법이다. 여러 국가 및 국제단체에
   서는 각기 다른 차별금지법을 채택하고 있으며, 보호하는 집단과 금지하는 차별 사유 등에 있어서 서로
   차이점들이 있다. 보통 성별, 인종, 종교, 장애, 성정체성, 성적지향, 사상, 정치적 의견 등을 이유로 한 정
   치적·경제적·사회적·문화적 생활영역에 있어서 합리적인 이유 없는 차별과 혐오 표현을 금지하는 법률이
   이에 해당한다(위키백과).

엄마, 나도 저런 거 먹고 싶어요.

코로나 때문에…

상담실을 방문한 피해자 중에 확진자가 발생하여…
결국 지난주부터 모든 상담을 유선으로 진행하게 되었습니다.
그러다 보니 아침이 여유로워요.

커피 내리고
와플 굽고.
바나나를 으깨서 반죽하여 만든 와플이에요.
설탕 안 들어가도 달달해요.
말린 체리도 넣었어요.

부지런히 자기 밥 챙겨 먹은 테오가
자꾸 참견합니다.

"엄마, 반죽에 설탕 안 들어가도 겉에 설탕 뿌렸잖아요. 많이 먹으면 살
쪄요."

"비정제 원당이야."

"비정제도 설탕은 설탕이잖아요."

비정제 설탕은 살 안 쪄요. 엄마가 살 찌죠!

오늘 아침에 비가 내려 운동도 못했는데, 어쩌라는 건가요?

농사지은 토마토와 바질, 그리고 치즈, 발사믹의 조화.

성범죄에 관한 사례 연구

경기도 버스 클라스입니다.
우와, 멋지네요.
잠시 외국에 온줄….

손바닥텃밭엔 보석이 달렸어요.

오늘은 하루종일 강의를 해요.

'성범죄에 관한 사례연구'

코로나 때문에 외국여행은 꿈에서나 갈 수 있죠.
평소 외국여행 좋아하는 분들은 뭐하며 지내실까요?

"엄마, 주말엔 쉬는 거예요."

"그런가? 그렇지? 그래야 하는데…."

"에라 모르겠어요. 난 낮잠 자다가 밥 먹을 시간 되면 일어날게요."

팔자 늘어진 테오는 밖에 있는 냥이들이랑 대화를 하다가 곤하게 잠이 드네요.

"야, 너 나와봐!" "네가 들어와!"

집 나간 테오

테오가 몇번이나 가출을 했어요.
자유부인 아줌마냥이가 자꾸 꼬시더니
넘어갈 뻔 했나 봐요.

"테오야, 그 아줌마는 애가 둘이나 있더라."

"엄마, 저는 플라토닉 러브를 추구할 뿐이에요."

웃기고 있네!
진짜 웃다가 잠들었어요.

바질 향이 정말 진해요.
먹다 남은 바질은 말려서 고기 잴
때 뿌려야겠어요.
그러고도 남으면 바질페스토를
만들고, 올리브오일에도 담가야
겠어요.

맨날 먹을 궁리만 하다보니…
운동을 더 열심히 해야겠습니당.

점점 더 다가오네요.

월요일.

나는 플라토닉 러브 밖에 몰라요. 꿈에서라면 사랑을 할 수 있을까요?

바질향이 바질바질해요.

예산이 뭐라고

가을하늘은 높고 푸르러야 하는데…
오늘 하늘은 무겁게 내려앉았어요.
비가 후두둑 내리네요.
우산이 무용지물이에요.

무거운 하늘만큼 마음도 무거워요.
내년에는 예산을 받아야 하는데,
내 무능력으로 길을 찾지 못하네요.

뭐~
죽기야 하겠어요?
심기일전해야죠! 하하하

가을하늘 공활한데 낮고 구름 많고.

개미가 되다

주식을 시작했어요.
꼴랑 100만원으로…
내 맘대로 삼성전자를 사버렸습니다.
이재용의 자유가 호재려니 하고요.

73,000원에 13주를 구매했어요.

담날부터 자꾸 올라요.
배가 아파요.
나는 13주 뿐이라서죠.

"엄마, 비도 오는데 나돌아다니지 마시고 주식이나 하세요."

"요즘엔 돌아다녀도 주식할 수 있다. 문제는 종자돈이다, 바보야!"

오늘도 밤 10시까지 상담했어요.
이불 속에 굴 파고 들어앉은 테오가 가을을 재촉하네요.

나는 노름 안 합니다. 손 씻었어요.

주식해서 돈 벌었다는 사람을 보지 못했어요. 엄마도 손절하세요!

투자의 귀재

요즘 대면상담보다 전화상담을 많이 하다보니…
약간의 여유가 생겼어요.

삼성전자에 이어…
단타용으로 무림페이퍼를 매입했어요.

2,900원에 구매,
3,015원에 장 마감.

물론 100만 원 범위 내에서 장난하는 것에요.
장난치고는 수익률 좋아요. 하하하
재산형성은 안 되지만, 기분은 좋지 뭐예요.

"엄마, 주식해서 TV 좋은 거 사주세요."

"테오야, 엄마 쓸 돈도 없다."

"에이, 우리 TV 너무 구려요."

돈 없는 걸 아는지

테오가 속을 뒤집지 뭐에요.

테오는 '고양이가 좋아하는 영상' 시청 중입니다.

이렇게 멋진 영상을 좋은 TV로 보면 얼마나 좋을까?

고추자랑

"엄마, 언제 도착하나요?"

"왜?"

"시골친구들이 빨리 보고 싶어요."

사춘기 테오는 엄마보다 아빠보다 형아보다…
시골 냥이들을 더 좋아하나 봅니다.

열심히 달려와서 고추를 따서,
세번 씻고,
꼭지 따고,
말립니다.
자그마치 태양초입니다.
올해 고추 농사는 현재 시점까지 성공!

이게 바로 그 유명한 태양초입니다.

세미나 준비

모 국회의원과 세미나를 하기로 했다.
"범죄피해자 지원을 위한 세미나"

그래, 좋다.
근데 잘난 비서와 연락이 어렵다.
비서랑도 연락이 이렇게 어려운데,
국회의원 나리랑 만나는 건 얼마나 어려울까?

그래, 잘났다.
오전에 전화하니,
'회의 중입니다.'
딸랑 문자 하나 보냈으면,
해 넘어가기 전에 리콜이란 걸 해야 하는 거 아닌가?

보좌관도 아니고, 국회의원도 아닌
비서가 그리 높은 분이란 걸 뼈저리게 느낀다.
이게 처음이 아닌 게 더 문제다.

파란색이 자꾸 미워지는 8월의 마지막 밤이다.
되엔장!

엄마, 국회의원이랑 놀지 말고 테오랑 놀아요.

"엄마, 밤에 잠은 안 주무시고 비 맞은 중처럼 혼자 중얼거리세요?"

"엄마가 속상한 일이 있어서 그렇지."

"누가 엄마 속을 상하게 하나요? 테오가 혼내 줄까요?"

"고맙다 테오야."

"엄마, 테오가 안아 줄게요."

테오가 등을 토닥여 준다.
테오가 국회의원보다 민생을 더 잘 헤아리는 것 같다.

추석선물

해마다 명절엔 피해자들에게 선물을 보냅니다.
처음엔 20여분께 보내던 것이…
이젠 후원자까지 챙기다 보니
150분 이상에게 보냅니다.

이번 추석엔 홍삼정차를 준비했습니다.
어려운 농가도 돕고,
건강에도 좋은 홍삼을 꿀과 올리고당으로 우린 엑기스입니다.

대량 구입하여
스티커 붙이고 포장하고.
원가 3만원.

3만원 이상 후원해주시면 추석선물로 홍삼정차를 보내드리겠습니다.
추석선물 아직 못 정했다면, 홍삼정차로 하세요.
찐한 홍삼진액 500ml x 2병
물에 타서 드시거나 음식에 꿀 대신 넣어 드세요.

"엄마, 오늘 너무 늦게 들어오시던데요?"

후원하시고 홍삼정차 드세요.

"바빴어. 인터뷰도 했다."

"저녁 사료 드셨나요?"

"빵 먹었어."

"왜 그러고 사세요?"

"그러게 말이다."

아무 걱정 근심 없어 뵈는 테오는
잠시 잔소리하더니, 어느새 잠이 들었어요.

비 오는 날엔 게으르게

빡빡한 하루를 시작하며…
비가 와도 할 건 해야 한다는 아집으로
오늘도 동네 반바퀴를 돌았어요.

아무도 없는 그 길을…
비에 젖은 갈매기는 뭐하러 저러고 청승을 떠나 몰라요.

비 맞고 집에 들어가니 테오는 여전히 침대를 차지하고 있어요.

"테오야, 어린 것이 너무 게으른 거 같다."

"엄마, 비 오는 날엔 집에서 뒹구는 게 최고예요."

"이눔아, 뱃살을 생각해라."

"엄마보단 나아요. 아함~~"

고얀 녀석!

주말에 고추를 다듬어 나눔을 했어요.

그날 밤부터 손이 아파서 고생 중이에요.

고추가 캡사이신 화상의 주범이에요.

받는 분들은 좋아하시더라고요.

내 손은 아직도 붓기가 남아 있지 뭐예요.

엄마, 비 오는 데 빈대떡이나 부쳐 먹읍시다.

10 to 10

오늘 아침 하늘이 참 좋았어요.

빌딩이 높다 한들 하늘 아래 시멘트로다.
꽃이 곱다 한들 100일 안에 썩어진다.

아구, 눈이 아픕니다.
10 to 10.
이제 상담 끝.
연세를 생각해야 하는데…
겁 없이 일정을 잡았네요.

"엄마, 그만하시고 내 배꼽 찾아보세요."

"살이 쪄서 배꼽은 안 뵈고 좁쌀만한 유두만 보인다."

"성희롱으로 신고할 거예요."

"무식한 녀석. 성희롱은 직장 내에서만 성립하는 거라니까."

"힝, 나는 직장 안 다녀봐서 모른다아야아아아옹~"

엄마, 내 배꼽은 어디 있게요?

집단면역

오전에 경찰청에서 열띤 회의를 하고…
오후 2시에 예방주사 맞으러 갔더니
접종 불가래요.

'크크크 에고 잘 됐다.'

후유증이 심하면 2차 접종하고 죽을 수도 있다네요.
당장 신경과 가서 진료받으라고 하기에,
신났다고 얼른 도망 나왔어요.

국민 70%가 접종하면 집단면역이 형성돼서,
나처럼 후유증 심한 사람은 접종 안 해도 된데요.
덕분에 신경과 예약했어요.

집 앞에 거주하는 고양이가 시비를 거네요.

"아줌마, 먹을 것 좀 내놔보셔."

테오 밥을 들고 나오려니…

샛눈 뜨고 있는 테오가 왠지 나를 감시하는 것 같아요.

'내 밥 내놔라~~ 내 밥 내놔라~~'

이상 전설 따라 삼천리,
아니지, 테오 따라 섬마을 소식이었습니다.

테오야, 길에서 사는 냥이들은 먹을 것이 없어서 고생을 많이 한단다. 길냥이들에게도 밥을 나눠주자.

잡초 속에서도 꽃은 핍니다

그래요.

세상이 혼탁해도…

살만한 일도 있을 거예요.

그나저나 멀쩡한 길은 왜 또 파헤치나 몰라요.

포장을 뜯어내고 다시 깐데요.

예산이 물인줄 아나봐요.

물 쓰듯하네요.

Aec~ 그러며 돌아서는데… 어린 까치가 길을 헤매고 있어요.

에구… 엄마 잃어버렸니?

오지랖 떨다가 집에 갔더니…

테오가 째려봐요.

"엄마, 대화 좀 해요."

"왜?"

"상담하는 분이 왜라니요."

길냥이가 불쌍하면 모두 우리 집에 들여놓으시죠.

"미안하다. 말해보세요."

"어제 제가 자는 동안 엄마가 내 밥 훔쳐가셨죠?"

"집 앞에 어린 냥아치들이 떨고 있기에 조금 갖다 줬지."

"앞으로는 제 허락 받고 가져가세요.
아님 냥아치들을 집으로 들여놓던가요."

헐~
이젠 테오 밥 훔쳐다 주는 것도 못하겠네요.
테오야, 나눠 먹어야 하는 거야.

지원금 받았어요

밤 주우러 갔더니…
떡허니 버섯만 무성해요.
무슨 버섯일까요?

점심엔 읍내서 외식했어요.

"엄마, 잠깐만요. 저 세수하고 같이 가요."

"세수한다며 발은 뭐니?"

"이왕하는 거 목욕까지 하려고요."

"너 기다리다 배고파 죽겠다. 다녀오마."

읍내 청년식당이란 곳에 가봤어요.
중식, 이태리식, 베트남식…
셀프래요.
가격, 맛, 위생 착해요.
지역 청년들이 운영하는 식당이라네요.

어떤 버섯일까요?

잠시만요, 저도 목욕하고 같이 읍내 나가요.

낼 점심에는 탕수육 먹으러 가려고…
이미 다짐했어요!!

코로나 지원금 받아서 맘껏 외식을 해볼 요량입니다.
따라오는 사람에게는 자장면 사 줄 거예요.

가을인가봐요

변변하게 하는 것도 없으며…
뭐가 그리 분주한지…
이번주는 동네 반바퀴 도는 것도 제대로 못했어요.

그래도 가을인가봐요.
예산을 퍼쓰며 조성한 화단 비슷한 곳에
버들 비슷한 것들이 한들거려요.

맨날 늦은 밤에 귀가했어요.
여자가 늦게 다니면 안 된다고 테오가 걱정했는데 말이죠.

"엄마는 얼굴이 무기라 걱정 없다."

집사람의 일침에 저는 무너집니다.

테오가 침대를 차지하고 있어요.
뭘했다고 맨날 기절하듯 잠만 자네요.

오!

테오의 입술이 뽀뽀를 불러요.
몰래 테오의 입술을 덮쳤어요.
테오가 툇~ 하며 침을 뱉아요.
치사한놈….

"엄마한테 그러는 거 아니다."

"다 큰 아들한테도 그러는 거 아니거든요!"

꼬질냥 테오야, 목욕하자. 그래도 뽀뽀는 해야겠다.

생율

산토끼 토끼야~
어디를 가느냐~
깡총깡총 뛰면서~
어디를 가느냐~
…
토실토실 알밤을 주워서 올테야~

시골에 도착하자마자 밤 한줌 줍고,
밭에서 토마토 따 먹고.
신난다 재미난다. 하하하.

"엄마, 맨날 먹는 것에만 관심 있는 거 같아요."

뒹굴거리던 테오가 공연히 시비를 걸어요.
2살 되더니…
사춘기인가봐요.

뺨 걷어차 주려다,
꾹 참고 밤 까먹고 있어요.
생율이 달달하니 씹는 맛이 좋아요.

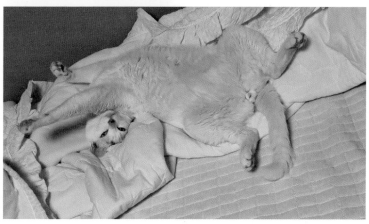

"엄마, 이불빨래 자주 하세요." "안 지워지는 얼룩이야."

우리 애는 천재인가 봐요

"엄마, 학원 보내주세요."

"갑자기 뭔 학원?"

"어젯밤 밤새 애들이랑 끝장토론을 했는데, 제가 너무 말빨이 딸려요."

"네가 사회성이 떨어지는 거겠지."

"그러니까 학원 보내주세요."

지난밤 테오는 동네 냥아치들 불러모아 밤새 떠들었어요.
너무 시끄러워 가족들은 밤잠을 설쳤고요.
피곤해서 쓰러질 지경이에요.

새벽에 학원 보내달라며 떼를 쓰기에…
안 된다고 혼내 주었더니…
울다가 잠이 들었어요.

기가 멕혀요~
강아지유치원은 들어봤으나,

고냥이학원은 듣도 보도 못했어요.

돈 못 버는 엄마 심경은 1도 배려하지 않는 사춘기 테오입니다만,

우리 테오가 천재 아닌가 싶어요.

유학 보내주세요. 국제화시대를 살아가려면 유학은 필수입니당.

삐끼냥

아~
좀 피곤하네요.
10 to 10

그나마 오늘은 10 to 8 일 것 같아요..
오늘 점심으로 빵 한조각 준비해서 나갑니다.
오며가며 차 안에서 먹으려고요.
먹을 시간이 있으려나 몰라요.

집 앞 카페에서 문 앞을 지키고 있는 냥이에요.
냥이가 주인장인가봐요….
임금님 옷을 입고 카페를 지키고 있네요.
아님 삐끼인가?

시골하늘이 그리워요.
빨리 달려가고 싶어요.

"엄마, 같이 달려갈까요?"

"그러자꾸나~"

좀 더 달려봅시당

목숨 걸고 밤 줍기

밤이라는 글자에~
선 하나만 그으면…
뱀.

촌구석이라 집 주변에 있는
밤이라도 주워보려 해도
프로 밤줍러들의 극성 때문에
해마다 찌끄러기만 주워요.
그나마 이젠 끝났나 봐요.
밤이 없어요.

잘난 밤 주우려다 뱀을 자주 만나요.
오금이 저려요.
독한 놈들이 왜 이리 많은지 몰라요.

"엄마, 커튼 내려주세요."

"테오야, 밤 주우러 나가자."

숨은 밤 찾기!

"저는 밤 안 먹어요. 혼자 가세요."

"엄마는 뱀이 무서워. 같이 가자."

"아이구 머리야. 저는 쉬어야 겠어요."

그러게
밤 주워오면 혼자 다 먹는 아무개씨는 밤 안 줍고 뭐 하나 몰라요.

저는 밤 안 먹어요. 먹는 사람이 주워오세요.

밀당

길을 걸었지
누군가 옆에 있다고
느꼈을 때
왠지…

비 맞은 비둘기가 곁에 따라붙어요.
안쓰럽네요.

"둘기야, 나 빈손이다. 미안하다."

비가 와서 그런지 섬이 한가해요.

"엄마!!!"

"깜짝이야. 왜?"

"놀아주세요."

"엄마 바쁘시다."

"뽀뽀하자고 쫓아다닐 때는 언제고! 이젠 엄마랑 뽀뽀 안 할 거예요."

그러게나 말이다.
연휴가 겹치다 보니 밀린 업무가 많아 종일 나돌아 댕겨요.
이번 연휴에는 테오랑 숨바꼭질해야겠어요.

엄마! 놀아주세요! 나를 버리고 가시면 십리도 못 가서 발병 날 거예요.

"엄마, 어디 가세요?"

아침에 집을 나서는데…
테오가 나를 부릅니다.
놀아달라고 조르는 걸
'안녕, 테오. 다녀올게.'
손 흔들며 나오려니 영 발걸음이 안 떨어지더라고요.

아이들 어렸을 때,
우는 아이 떼놓고 나설 때마다 같이 울었던 시절이 생각납니다.

테오 뒤로 보이는 그림은 누가 그렸게요?

걷다보니…
천태만상.
발밑에 버섯이 있어요.
오호라!
연보라에요.
이런 버섯 본 적 있나요?

그나저나…

주식시장이 이상하여 다 팔고 손 털었다가,
잘난척하며 재구매했는데
또 떨어지네요.
그래도 난 버텨보렵니다. 존버!
잃어야 100만 원이니까요.

연화도와 레오

찬바람이 싸늘하게⋯

난방 안 되는 집에서 잠을 잔다는 건⋯
수면보다는 일상생활이 힘들 정도에요.

빡빡한 일정으로⋯
페북 들여다 볼 시간도 여의치 않아요.

밤마다 책 교정 보느라⋯
눈이 아파요.

늦은 시간에 자려다 보니⋯
테오가 내 자리를 차지했어요.
기가 멕혀요.
전기장판 전자파 안 좋은 건 알아서,
머리는 전기장판 밖으로 내놨네요.

"테오야, 비켜줄래?"

"먼저 누운 사람이 임자에요. 음냐."

고양이 주제에 아는 것도 참 많아요.

잠자리를 뺏겨서 원고 더 봤어요.

----

* **자격지심** : 이불이랑 테오가 시커멓게 보이는 건, 불 끄고 촬영해서 그래요. 원래 깨끗한 이불이에요.
  근데 테오 발바닥은 거지발바닥 같아요. '이놈아, 씻고 자라.'

거지냥 테오, 제발 씻고 자라!

존버!

전문용어 좀 써봤습니다.

존버 : '존나게 버틴다'는 비속어.

살다보니…
비속어가 전문용어 되는 날이 오네요.
좌우지당간 존버ing~

"엄마, 주식해서 돈 버셨으면 집 몇채 장만해 주세요."

"뭐? 뭐라고?"

"추워요. 집 사주세요."

"시방 집에 들어앉아서 또 집타령?"

"저도 다주택자 돼서 세금 많이 내고 싶어요."

테오가 미쳤나 봅니다.
허기사,

미치지 않고서야 이 세상을 어케 살까 싶어요.

추워요.
섬은 난방이 안 되요.
나무하러 가야 되겠어요.

레오야, 헌집 줄게. 새집 다오.

주식이 나를 배신하다

주식이 나를 배신했어요.
'추락하는 것은 날개가 있다'

주식이는 날개가 없나봐요.

쪽파 한단이 13,800원이래요.
부추 한단은 4,980원이고요.
도대체 제 정신으로 살 수가 없어요.

"테오야… 미안타. 집은 나중에 사줄게."

"됐어요. 걍 이불 뒤집어 쓰고 지낼게요."

물가가 왜 이래요?

난 완전히 새될뻔

난 완전히 새 됐어~

"엄마, 새 잡고 싶어요오오오!"

"새는 뭐하게?"

"데리고 놀게요. 하하하하."

"테오야, 엄마는 주식이 폭망해서 죽고 싶은데, 넌 놀자판이냐?"

"그건 엄마 사정이고요."

철딱서니라고는 약으로 쓰려 해도 없는 테오에요.

테오에게 쑥과 마늘을 먹여볼까 봐요.
혹시 모르죠.
곰처럼 사람이 될지도요.

가을 쑥은 시절 없이 흐드러지네요.

엄마도 새가 되었다고요?

쓸모 없는 책

"엄마, 책 한권 꺼내주세요. 이왕이면 두꺼운 걸로요."

"철 들었니? 공부하게? 전공은?"

"아뇨. 베고 자게요."

"헐~"

"근데 엄마는 책 끝났다며 왜 컴을 노려보고 있어요?"

"말도 마. 두 권을 다시 정리해야 해."

"엄마, 그러시다가 부자 되면 어떻게 해요?"

책 쓴다고 부자되면 얼마나 좋겠습니까.
눈병 나지 않음 다행이죠.

그나저나
이눔의 집구석엔 언제부터 난방이 들어오려나
몰라요.

낮잠 자게 베게 좀 주세요. 책 한 권이면 됩니다.

있어야 할 것은 다 있고요, 없는 건 없습니다

"테오야, 이것 좀 봐봐."

"어, 나랑 몸매가 비슷해요. 엄마도 비슷해지고 있잖아요. 동질감!"

"우리 서로 말조심하자."

"근데 엄마, 애는 다리 사이에 뭐가 있어요. 나는 왜 없어요?"

"음, 그건 우리랑 같이 살려면 없애야 한대. 그래서 없애줬지."

"누구 맘대로 내 거를 함부로 없애요?"

"그때는 네가 너무 어려서 물어봐도 모를 것 같았거든."

"왜요? 왜요? 누구 맘대로 내 몸에 손을 대요?"

"미안하다 테오야."

"몰라요. 나 찾지 마세요! 아이구, 내 팔자야!"

비싼 돈 들여 없는 시간 쪼개서 병원 데리고 다닌 보람도 없이,
테오한테 엄청나게 욕만 먹었어요.
삐져서 숨으면, 하루 죙일 못 찾아요.

그러고 보니
우리는 아들들에게도 묻지 않고 고래를 잡았잖아요.
어릴수록 안 아프다는 거짓에 속아서.
대한민국 아들들아 미안하다.
모두 자기 거 잘 챙기세요.

그런데 어떤 이론이 맞는 건가요?

아이고, 내 팔자야!

할로윈데이

"테오야, 핏자 먹자. ㅎㅎ"

"어? 엄마 핏자가 웃어요."

"할로윈 핏자야. 웃는 호박 핏자"

"할로윈이 뭐에요?"

"서양에서 귀신 분장하고 귀신 쫓는 날이래."

"엄마! 정신 차리세요. 냉동실에 있는 떡이나 드시지 할로윈피자라뇨~"

유구무언이에요.
할로윈이 뭔지도 모르며 이태원에는 젊은 것들이 얼굴에 이상한 짓거리
하고 몰켜 다닌데요.
담주엔 확진자가 폭발할 것 같아서,
상담을 줄여야겠어요.

떡이나 드세요.

응급김장

갑자기 집수리를 하게 되었어요.
중장비가 들어오는데,
중장비가 나의 소중한 손바닥텃밭을 지나가야 한데요.

그래서 갑자기 김장을 해야돼요.
혼자서 하다보니 힘 들어 죽겠어요.
배추 뽑고, 갓 뽑고, 무 뽑고, 파 뽑고…
다듬고, 다듬고, 다듬고…
까고, 썰고, 씻고…
손이 아파요.
에구 소리가 절로 나옵니다.

"테오야, 너도 일해라."

"저는 곱게 자라서 손에 물 묻히는 거 못해요."

"너무 바쁘다. 고양이 손이라도 빌리자."

"김치는 사 먹지, 요즘 누가 해 먹나요?"

저는 손에 물 묻히는 거 못해요.

"넌 쥐 들어간 중국산 고춧가루 먹을래?"

"몰라요. 배 째요."

결국 혼자 다 해야 할 것 같아요.

호박귀신이네요.
우리 건 아니에요.
참 웃겨요.

김장 끝

배추포기김치
갓김치
총각무김치(실은 무가 덜자라서 총각김치로).

에고 허리야.

"엄마, 집은 언제 청소하실 건가요?"

"네가 좀 해라!"

"엄마, 저는 곱게 자라서 손에 물 안 묻힌다니까요."

직접 기른 배추, 고추, 갓으로 담근 김장김치랍니다. 설탕은 무첨가입니다.

나도 손 씻고 김장하는 거 도와 드릴게요.

"그래서 네가 목욕 안 하는구나!"

"안 하다뇨. 침으로 싹싹 세수하고 목욕도 하잖아요."

더러워라.
저런 놈을 맨날 예쁘다고 뽀뽀하고 안아주고…
이젠 뽀뽀 하지 말아야겠어요.
근데 김치 사진이 좀 구리지 말입니다.
촬영을 위해 예쁜 김치를 골라둘 걸, 그럴 경황도 없었네요.

라떼는 말이야

가을에 요런 낙엽 주워다 말이야
책갈피에 끼워 말려서 말이야
마른 잎에 시를 적어서 말이야
돈 있는 집 애들은 문방구로 달려가서 말이야
코팅이란 걸 해갖고 말이야
수줍게 나눠줬단 말이야
물론 난 가난해서
말리기만 했단 말이야.

"엄마, 빨간 건 고기인가요?"

"네 눈엔 고기로 뵈니?"

"줘봐요. 씹어 볼게요."

"엄마는 형이상학적인 대사를 치는데…
넌 형이하학적인 멘탈을 선보이는구나."

"엄마, 그러니까 머리 아픈 거예요. 편하게 사세요."

어디 육포 돌아다니는 거 없나요?
우리 테오 주게요.

섬엔 어린 왕자가 살포시 내려왔나 봅니다.
언젠가 다시 가버리겠죠.

나도 어린왕자 할래요.

건강검진 결과

딱히 별거 없어요.
비타민D 부족이래요.

가을나무가 아름다워요.
나도 가을나무처럼 아름답게 나이 들고 싶어요.

"엄마, 곱게 나이 들고 싶으면 저처럼 다이어트 하세요."

"엄마가 뭘 더 빼야 하는데?"

"내 뒷태 정도는 돼야죠."

"너랑 나랑 앞태는 비슷해."

"아, 진짜. 엄마 미워요!"

그래.
관리 좀 하자.
가을나무처럼 아름답게 나이 들려면…

관리도 필요하겠죠.

이제는 곱게 나이드는 연습을 하고 싶어요.

청춘

연분홍치마가
봄바람에 휘날리더라.
오늘도 양가슴 두드리며
뜬구름 흘러가는 신작로길에
새가 울면 따라 웃고
새가 울면 따라 우는….

그렇게 봄날은 가버렸나보다.
아까운 내 청춘.
청춘아~
내 청춘아~~

"저 부르셨나요?"

"뜬금!"

"청춘 부르시는 것 같아서요."

테오는 좋겠다.
창창한 청춘이라서.

"너는 영원히 청춘일 것 같더냐?"

"엄마, 현재가 중요한 거예요. 제가 지금은 이팔청춘이거든요!"

"졌다."

나무는 늙지 않아요.

녹물 드셔보셨나요?

"테오야, 목욕하자."

"싫어요!"

"왜?"

"녹물에 목욕하면 피부 망가져요."

"네 털색이 회색이 됐는데 목욕을 안 한다고?"

"생수로 씻을래요."

"너 미쳤니? 생수는 마시는 거야."

"남의 집 애들은 생수로 목욕한데요!"

녹물을 먹을 수 없어 생수를 사다 먹어요.
마트에 생수를 사러 갔는데…
젤 싼 생수는 강아지 목욕시키는 용도래요.
지금까지 우린 식수로 먹고 있는데 말이죠.

기가 멕혀요.
언제까지 녹물로 샤워하고,
녹물로 설거지하고,
녹물로 빨래해야 할까요?

"엄마 나는 깨끗한 집에서 살고 싶어요."

"엄마도 그래요."

녹물로 목욕시켰다고,
화난 테오에게 간식조공 바쳤습
니다.

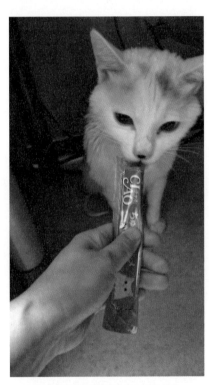

우리도 언젠가 새집에서 살 수 있을 거야.

"범죄피해자 지원의 사각지대에 대한 세미나"

- 장소 : 국회 제1세미나실
- 일시 : 2021년 11월 25일 13시~ 15시 30분
- 주최 : 국회 '약자의눈', 김민석 의원
- 주관 : 피해자통합지원 사회적협동조합

"테오야, 세미나에 관심 좀 가져라."

"엄마… 조용히 하세요."

"너 뭐하니?"

"꿈 꾸잖아요… 지금 로또 1등 당첨되는 중이에요."

"정말? 당첨되면 후원해주라."

"조용히 좀 하세요…. 꿈 깨요…. 홍야홍야…."

"후원계좌 : 106. 910033. 35304(하나) 여기로 보내렴."

벼룩의 간을 내먹지…

제 밥벌이도 못하는 테오한테 뭘 바라겠습니까.

victree.or.kr

범죄피해자 지원의 사각지대에 대한 세미나

2021.11.25.(목) 13:00~15:30
국회 제1세미나실

📹 ZOOM(줌)으로 동시 진행합니다

주최 국회의원 연구단체 '약자의 눈', 김민석 국회 보건복지위원장
주관 피해자통합지원 사회적협동조합

INVITATION

2021년 한해의 범죄피해자 지원을 마무리하며,
범죄피해자 지원의 사각지대에 대한 논의를 합니다.
우리의 작은 외침이 큰 소용돌이가 되어,
피해자들에게 희망이 되길 바랍니다.

2021. 11.

피해자통합지원 사회적협동조합

국가인권위원회

집안이 지저분한 것 같아요.
청소를 해도 태가 안 나요.
공연히 테오를 취조했어요.

"테오야, 밥 먹을 때 주변에 흘리지 마. 똥꼬도 잘 닦고."

"엄마, 억울해요. 다른 가족들은 놔두고 왜 나한테만 뭐라고 하세요?"

"어디서 반항이야! 눈 깔어!"

"치사해서 눈 깐다. 나도 인권위에 진정할 거예요!"

"뭐라고?"

"내가 못할 것 같아요? 공수처도 아니면서 왜 눈 깔라고 해요?"

"미안하다. 고위공직자도 아닌 너를 불러다 혼내서."

집청소나 마저 해야겠습니다.
이놈의 비는 언제 그치려나….

치사해서 눈 깐다 진짜!

삶

"뱀이다!"

"아냐~ 호스야."

"엄마는 밤마다 뭐하세요? 뱀 잡으세요?"

"보일러 에어 뺀다."

"그걸 왜 빼요?"

"가족들 얼어죽지 말라고."

"남의 집에는 이런 거 안 하던데요?"

"우리 집은 50년 돼서, 이거 안 빼면 얼어 죽어."

"엄마가 그렇게 힘들게 사시는지 몰랐어요."

"알았으면 밤에 깨우지 마라."

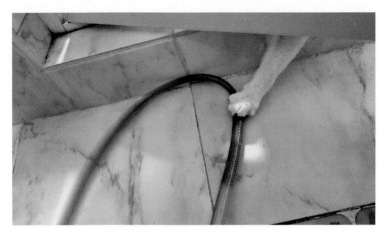

우와, 내가 뱀 잡았어요!

삶은 밤이라니까요.

"히히히 깨우는 재미가 쏠쏠하거든요."

테오는 집에 아무도 없는 낮에는 늘어지게 자고…
밤에는 엄마 깨워서 〈무궁화꽃이 피었습니다〉 게임하자고 졸라요.
지금도 조르고 있습니다.

오늘 아침은 좀 피곤하네요.
지인께서 보내주신 밤을 아끼고 아끼다가
어젯밤 털어서 삶았어요.
삶은 달걀이 아니라…
삶은 밤입니다.

가뜩이나 추운데, 제가 너무 썰렁했나 봅니다.

떨어지는 것에 모두 날개가 있는 건 아니다

'떨어지는 것에는 날개가 있다.'
어떤 소설가가 그랬는데,
떨어지기 시작한 주가에는
날개가 없나봐요.

까이꺼 그래봤자 100만 원이에요.
자존심이 있지,
못 먹어도 고!
존버다!

아침바람 찬바람에
동네 반바퀴라도 돌 요량으로 나왔어요.

이 날씨에 다리 밑에서 취침하는 저 아저씨
그러다 입 돌아가요.
시설 많은데, 굳이 다리 밑을 선택한 이유가 있겠죠?

"엄마, 이런 날씨엔 이불 속이 최고에요."

이렇게 추운 날씨에 여기서 주무시면 위험합니다.

"다리 밑에서 사는 사람도 있더라."

"아~ 옛날이여!"

"어린 것이 뭔 옛날 타령이니?"

"시골 흙바닥에서 쥐잡이 냥이 될뻔한 저를 엄빠가 구해주셨잖아요."

"기억나니?"

"어떻게 잊겠어요."

"그래. 잊지 말고 효도해라."

자식에게 바라기 전에, 나부터 돌아봐야겠어요.

빼빼로데이

기념일이라고 선물 받았어요.

"엄마, 빼빼로데이가 뭐에요?"

"그건 말이지…."

"얼버무리지 마시고 똑바로 말해보세요."

"11월 11일이 빼빼로랑 닮았다고 빼빼로 사주는 날이래."

"별 거지발싸개 같은 날이 다 있네요."

"예쁜 입으로 못하는 말이 없구나."

"그런 거 집어치우고 나랑 놀아 주세요"

손목이 아프지만, 테오 어린이랑 한바탕 놀아 주었어요.

빼빼로데이지만, 요즘엔 사탕, 초콜렛, 과자 같은 것도 선물한데요.
심지어는 가래떡도 선물한데요.

그렇다고 그런 거 사달라는 건 아니고요.

상담 핑계로 아침산책 안 나갔는데…
피해자가 No show.
상담 못 오시면 미리 알려주시기 바랍니다!

빼빼로 데이에는 가래떡을 먹기로 해요.

은행 까기

"엄마, 머리 빗겨주세요."

"엄마가 바쁘니까 조금만 빗겨줄게."

"엄마는 맨날 바쁘다고 하시네요."

"테오야, 은행껍질 까거라. 볶아줄게."

"싫어요. 바빠요."

"네가 왜 바빠?"

"무시하지 마세요. TV 봐야 해요."

"TV 갖다 버려야겠다."

"엄마, 협박하지 마세요. 그것도 정서 학대에요."

내가 테오에게 쓸데 없는 걸 너무 많이 가르쳐준 것 같아요.

* **정서 학대(Emotional abuse)** : 보호자를 포함한 성인이 아동에게 행하는 언어적 모욕, 정서적 위협, 감금이나 억제, 기타 가학적인 행위를 말한다(천재학습백과).

애들한테 일 시키는 거 아닙니당.

길에서 산다는 것

"아줌마, 맛있는 것 좀 주셔!"

"나비 왔니? 잠시만 기다려."

생닭 한마리와 사료 한대접 얼른 갖다 드렸어요.
시골 집에 사는 아저씨 냥이에요.
아줌마 냥이는 최근에 아가 두마리를 출산한 것 같아요.
정말 주먹만한 아가들 두마리가 머리만 쏙 내밀었다 숨어요.

"엄마, 재들도 집에 들어오라 하세요."

"싫데."

"왜요? 밖은 춥고 먹을 것도 없던데요."

"춥고 힘들어도 자기들이 살던
곳이 좋은가 봐."

"거참, 이해가 안 되네요."

"네가 세상을 얼마나 알겠니."

"인생무상, 삶의회의"

테오는 오늘도 철학을 합니다.
테오 철학의 깊이는 매우 심오합니다.
이해할 수가 없어요.

밖에 애들이 안 들어오는 이유를 아세요? 집이 너무 지저분하잖아요.

테오야, 다이어트 하자!

밤에 원고 정리하며
입이 심심하기에…
어포를 한마리 구웠지 뭐에요.

"엄마, 저랑 나눠 먹어요."

"고냥이는 이런 거 먹음 안 돼!"

"고냥이가 생선 좋아하는 거 모르세요?"

"어포는 양념을 해서 테오가 먹으면 병 생겨."

"엄마 혼자 드시려고 거짓말까지 하세요?"

결국 잠시 한눈 파는 사이에 만행을 저지르고야 말았지 뭐에요.
뭐, 나눠 먹지 않으려는 나의 실수도 있지만요.
테오는 엄마한테 머리 쥐어 박히고,
잉잉 거리며 가버리네요.

"그렇게 먹었으니 다이어트 하자."

"내 몸이 어때서요?"

"관둬라. 나 혼자 할란다."

섬 둘레는 낙엽이 쌓여 폭신한 카펫이 되었어요.
이제는 제법 추운데… 다리 밑에서 주무시는 분들이 몇분 보여요.

제발 따뜻한 시설로 들어가셨으면 하는 바람입니다.

내 몸매가 어때서요?

파송송 계란탁!

오전 일과 마치고,
오후 상담하러 나가기 전에…
점심을 먹어야 해요.

야심차게 라면을 끓였어요.
파송송 계란 탁!

요즘 같이 어려운 시기에…
자그마치 파를 한뿌리나 넣었어요.
파테크가 성공적이어서죠(쪽끔 자람).

라면 반개 먹고 길을 나섭니다.
라면 반개도 칼로리가 높아요.

"테오야, 엄마 다녀올게."

"음냐 음냐~"

"테오야, 자니?"

만지작거려도 깨지 않네요.

도시냥이랍시고…

시골 다녀오면 하루 이틀은 기절한듯 잠만 잡니다.

파 송송 계란 탁!

아가야, 엄마 다녀올게.

테오야, 양말 신자!

손이 시려워~ 꽁
발이 시려워~ 꽁
겨울바람 때문에~
꽁꽁꽁꽁

"엄마, 손발 시려워요."

"그래서 엄마가 준비했지."

"그게 뭐에요?"

"장갑이랑 양말."

"왜 4개가 똑같아요? 엄마는 장갑이랑 양말 따로 신고 다니시던데요?"

"너는 4개가 구분이 안 되잖아."

"엄마, 그런데 이거 너무 싸구려 같아요. 명품 손에 싸구려 양말이라뇨!"

"주는 대로 받지 뭔 말이 그리 많니."

"싫어요."

시건방진 테오는 양말을 벗어던지고 쌩하니 가버립니다….

팔자 편한 테오….
오늘은 피해자 만나러 청주 갑니다.
출발~~

알마니, 샤넬, 루이비통 그런 거 신겨 달라고요.

강제 다이어트

오늘 5시간 35분 운전했습니다.
운전하는 동안 여기저기 통화했습니다.
업무가 많아 어쩔 수 없습니다.
점심 건너뛰고_(덕분에 다이어트)
저녁은 아주 간단히.

대상포진이 좀 더 솟아 올라왔습니다.
걸려보지 않은 분들이 많이 걱정하시는데,
그거 별거 아닙니다.
쉬라는 신호이기에,
저는 하나님의 섭리에 감사합니다.
쉬면 감쪽같이 낫거든요.

"에구, 피곤하다."

"엄마, 쉬세요."

"할일 두고 어떻게 쉬니?"

"이렇게요. 쭈욱~ 늘어지게요."

"너는 팔자가 편하니까 그렇지."

"엄마, 팔자는 자기가 만드는 거예요. 팔자타령하지 마세요."

테오의 뼈 때리는 한마디에
할말을 잃었습니다.

우쭈쭈, 너무 누워 있었더니 삭신이 쑤셔요.

친족성폭행

오늘아침 날씨 : 우중충
그래도 가을 나무는 멋져요.

"엄마, TV 다시보기 하다 엄마 봤어요."

"그랬니?"

"우리 엄마는 실물이 나아요."

"고맙다."

"그런데 아빠가 왜 딸을 성폭행해요?"

"나쁜 아빠니까."

"딸은 얼마나 힘들까요?"

"아빠란 인간은 고양이만도 못한 거지."

"기분 나빠요. 비교하지도 마세요."

"그래. 가끔은 인간이 짐승만도 못하더라. 미안하다 테오야."

TV 리모컨을 숨겨야겠어요.

그런 쓰레기인간을 고양이와 비교하지 마세요!

이상심리와 최면

"엄마, 이 책은 아무짝에도 쓸모가 없어요."

"엄마가 오랫동안 고생하며 정리한 책인데, 왜 그런 말을 하니?"

"베고 자려하니 너무 두꺼워서 목이 아파요."

"그건 베개가 아니잖아. 읽어야지."

"788쪽이나 되는 걸 누가 읽겠어요."

"그런가?"

"아궁이에서 불쏘시게 하면 딱 좋겠네요."

과연 그럴까요?

베개 하기엔 좀 두꺼워요.

건서라는 세퍼드가 6천억 상속받음

"엄마, 세상은 너무 불공평해요."

"이 기사 보고 테오가 그냥 넘어갈 리가 없지."

"건서는 주인이 6천억 원이나 상속해 줘서 이태리로 밥 먹으러 다닌데요."

"그러게 말이다."

"엄마는 나에게 얼마나 물려줄 수 있나요?"

"물려줄 게 어디 있니? 쓸 것도 없는데."

"엄마는 돈도 없는 주제에 왜 나를 데려왔어요? 네?"

"미안하다…. 부모가 가난해서…."

"에이, 이놈의 집구석. 청소나 하세요!"

나도 돈 많은 부모 만났으면 팔자 펴는 건데…

미세먼지 : 매우 나쁨

목이 컬컬합니다.
이럴 때 잘 먹어야 합니다.
그래서 홍게를 쪘습니다.

"엄마, 나도 먹고 싶어요. 살 발라주세요."

"나 먹기도 바쁘다. 네가 알아서 먹어."

"치사하게 이러실 거예요?"

"엄마도 엄마를 위해주고 싶어졌다."

"어, 우리 엄마 늙으셨나보다. 그런 말씀도 하시고."

"그럼. 엄마는 천년만년 청춘이겠니?"

"에휴, 노인요양원 알아봐야겠네요."

공연히 게딱지 먹다가…
요양원 가게 생겼습니다.

엄마도 좀 드세요.

영화《엘리자베스》

간만에 영화 한편 감상했지요.
엘리자베스 1세.
이전에도 좋았지만,
오늘 보니 더 좋네요.
남자 때문에 감정낭비했던 어린 시절이 부끄럽습니다.
큰일을 하려면 얼마나 철저히 냉정해져야 하는지,
이 영화 보며,
아니지…
내 인생을 돌아보며 뼈저리게 느낍니다.

"테오야, 넌 눈을 왜 그렇게 뜨고 쳐다보니."

"아니꼬와서요."

"뭐라고?"

"할부지 반대 무릅쓰고 좋다고 결혼할 때는 언제고 이제 와서 땅을 치세요?"

"그러게… 내가 내 발등을 도끼로 내리 친거지."

"그런 말도 마세요. 지금이 가장 행복한 거예요."

그런가요?

파랑새는 엄마 곁에 있어요.

모아이석상

오늘아침 날씨 : 바람에 날려버린 허무한 맹세던가.

"테오, 이게 뭔지 아니?"

"알게 뭐에요."

"모아이석상이라는 건데…."

"고양이한테 쓸데 없는 거 가르치지 마시고, 똥이나 치우세요."

"고양이도 교양이 있어야지. 그리고 내가 너 똥 치우는 사람이니?"

"얼어죽을 교양~"

"너 그러다 엄마 물겠다."

똥 치우고 상담하러 나갑니다.

고양이한테 공부 가르치는 사람은 엄마뿐일 거예요.

못찾겠다 꾀꼬리

테오가 보이지 않아요.
혼내지도 않았는데…
어디로 숨었을까요?

정말 깜놀했어요.
하다하다…
카펫 밑에까지 숨다니요.

"추워서 그래요."

"방구석지킴이면서 뭐가 춥니?"

"옷이라도 사주시던가요. 모피 같은 걸로요."

"요즘 누가 모피를 입니? 동물들 불쌍하게스리. 곰돌이 푸우는 아랫도리
다 내놓고 한대에 서 있더라."

"푸우는 제정신이 아닌가 보죠"

자꾸 추워집니다.

감기 안 걸리려면 옷 따숩게 입고 다니세요.
아프면 나만 손해더라고요.

나도 진도모피 한 벌 사주세요.

김씨 표류기

다 말아먹고 사채업자에 쫓기던 김씨는…
결국 한강다리에서 뛰어내립니다.
그러나 죽지 못하고 밤섬에 안착.
여기서부터는 톰행크스의 〈Cast Away〉를 보시면 됩니다.

내가 말하려는 것은…
김씨를 망원경으로 관찰하고 있는 히키코모리 여자.

20여년 전부터 일본에서 문제 삼기 시작하였고…
결국 한국에도 많은 '은둔형외톨이'가 존재한다는 사실!

우리집에도 있습니다.
은둔형외톨이…
테오는 집구석 밖에 몰라요.

"테오야, 밖은 위험하니까… 집에서만 놀거라…."

"엄마는 병주고 약주기 달인이에요. 칫!"

* **히키코모리** : 사회생활을 거부하는 은둔형 폐인. '히키코모리(引きこもり)'는 일본어로 '방에 틀어박히다', '뒤로 물러나다'라는 의미로, 방에만 처박혀 외부와 단절되어 사는 젊은이를 일본에서는 '히키코모리(引きこもり)'라고 부른다. 경기침체가 시작된 1990년대 초부터 급증하기 시작한 이들은 2000년대에는 1백만 명에 달하며 사회문제가 되었다. 이들은 짧게는 6개월에서 길게는 3~4년씩 틀어박혀 지내지만, 개중에는 10년 넘게 이 생활을 하는 사람도 있다. 미국 워싱턴 포스트는 이 현상에 대해 "장기적인 경기 침체 이후 고도성장을 지탱해온 세대와 그렇지 못한 세대간의 적응력 차이가 이런 형태로 나타났다"고 진단하기도 했다. (출처 : 매경경제용어사전)

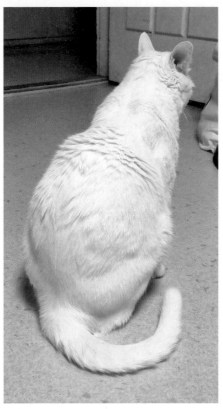

아무 말이나 마구 하지 마세요. 저도 기분 나쁘단 말이에요.

국회의원 : 약속깨기 달인

오늘 세미나 잘 마쳤습니다.
발표해주신 세 분, 토론자 세 분 감사합니다.
명쾌하게 진행을 이끌어주신 최응렬 교수님 감사합니다.
먼길 마다 않고 참석해 주신 분들께도 감사합니다.

처음부터 끝까지 자리 지키겠다는 약속을…
처참히 깨고 자리 뜨신 3분의 국회의원께도 감사합니다(어차피 국회의원은 내 글

안 볼테니…).

"엄마 왔다."

"아웅~ 엄마, 자는 사람 깨우지 마세요."

"엄마 후원 받았다."

"후원금으로 저 츄르 사주시나요?"

"넌 정치하면 딱 맞겠다."

"저를 뭘로 보시고 정치에 갖다 붙이시나요? 불이나 끄세요. 눈 부셔요."

내년엔 선거 끝나고 바로 세미나 진행할 겁니다.

많은 관심과 조언, 참여 바랍니다.

오늘 밤엔 두 다리 뻗고 밤 까먹어야 겠습니다. 하하하

"범죄피해자 지원을 위한 세미나"

불 꺼주세요. 단잠 깨우지 마시고요.

코엑스 푸드페스티벌

해마다 코엑스에서 식품박람회를 합니다.
설선물 준비하려 방문했어요.
우유도 사고, 단삼도 사고, 자두젤리도 사고, 단감도 사고, 아이스크림도
사고…
구경거리가 너무 많아요.

보기만하면 좋으련만,
이것 저것 욕심껏 자꾸 사다보니…
양손에 큰 보따리들을 들 수 없어
질질 끌고 왔지 뭐에요.

"이게 다 뭐에요?"

"우리 가족을 위한 먹을거리."

"죄다 간식거리네요. 엄마, 정신 차리셔야겠어요."

"잔소리쟁이, 넌 양치하고 취침 준비 해라."

"말 돌리지 마세요."

양치하랬더니 테오는 꽁꽁 숨었어요.

나도 죙일 먹었으니,
이제 양치해야겠어요.

고만 먹자!!

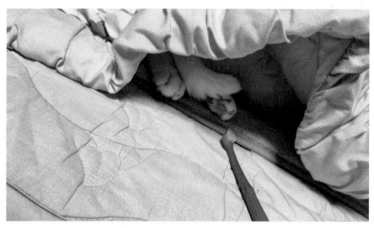

양치하자 레오야!

추위가 두려워요

"테오, 왜 그렇게 떨떠름한 표정이니?"

"엄마, 우리 집구석은 왜 이렇게 추운 거예요?"

"그러게 말이다. 난방관 보수했다고 하니 나아질거다."

"추운 바닥에 앉아 있었더니 치질 생긴 거 같아요. 똥꼬가 아파요."

"네 똥꼬 아픈건 네가 밥을 너무 많이 먹어서 똥을 너무 많이 누니까 그 럴거다."

"엄마 진짜 이러시기에요?"

테오는 꼬라지 떨더니…
결국 이불 뒤집어 쓰고 우나 봅니다.

사료만 먹는 테오인데,
말라빠진 사료가 얼마나 맛나기에 엄청 잘 먹
어요.
그리고 먹은 만큼 결과물로 나타나죠.

216

그나저나 이놈의 집구석은 언제 따뜻해지려나 모르겠어요.
올 겨울은 어떻게 나야 할까….

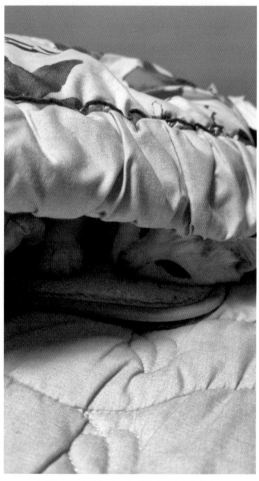

올 겨울은 유난히 춥다는데, 어떻게 살아가야 하나요?

손가락 쇼핑

"엄마, 저에게도 드레곤머니 주세요. 네~"

"방구석지킴이가 뭔 돈이 필요하니?"

"햐~ 엄마, 요즘에 누가 나돌아 댕기며 쇼핑을 해요? 방구석에서 손꾸락
으로 까딱까딱하면 다 갖다 주는데요."

"네가 그걸 어떻게 알았니?"

"가족들이 하는 것 봤어요. TV에서도 광고 많이 하고요."

"옛다~ 돈이다."

"엄마, 저를 뭘로 보고 동전나부랑이를 주세요. 치우세요!"

집에 택배상자가 많이 쌓여있습니다.
얼마나 사들였으면…
테오가 보고 배우겠어요.
이제 자제해야겠습니다.

절제!!

아, 그럼 경제가 안 돌아가려나요??

동전나부랑이 말고 수표로 주세요. 카드를 주시던가요.

꼭꼭 숨어라

비가 오는데 에에에
바람 부는데 에에에
우산도 없이 거니는… 아저씨
비 맞고 다니면 머리카락 빠져요.
산책길에 처량 맞게 비 맞고 다니는 아저씨가 있더라고요.

집 앞에서 범죄 현장을 포착했어요.
덩치 큰 냥아치가 청소년 냥이에게 삥을 뜯고 있어요.

청소년 냥이들 몇녀석이,
지들끼리 모여서 꽁냥꽁냥 놀고 있는데,
어디선가 누군가의 무슨 일이 생기면
나타나는 덩치 큰 냥아치가 어슬렁거리며 나타났어요.

두마리는 잽싸게 튀고,
한마리는 나무 타고,
한마리가 잡혀서 쥐어박히고 있어요.

'나도 모르겠다. 니들끼리 정리해라.'

십년감수했어요…

있는 거 다 내놔. 털어서 나오면 10원에 한대다!

🐾 쥐잡이 냥이의 묘생역전 (하)

집에 들어오니 팔자 편한 테오는
'꼭꼭 숨어라 머리카락 보일라.'
숨어버렸습니다.

"못 찾겠다 꾀꼬리~"

"엄마, 조용히 하세요. 숙면에 방해되요."

"너는 아침인데 또 자니?"

"비 오는 날에는 이불 뒤집어 쓰고 낮잠 자는 게 장땡이에요."

"좋겠다."

"엄마도 비 오는데 쓸데 없이 기름 흘리고 다니지 말고, 일루 와서 누워
보세요. 좋아요."

"엄마 나가신다. 밥 잘 챙겨먹고 놀고 있거라."

확진자가 너무 많아요

오늘 아침 날씨 : 확진자폭발로 거리두기 해야 한다는 사실 때문에 더 춥게 느껴짐.

"테오야, 목욕하자."

"목욕은 엄마가 해야 될 것 같은데요."

"엄마는 매일 샤워하는데."

"맨날 샤워하면서 발꼬락은 안 닦으세요?"

"왜 엄마를 디스하니?"

"실크실내화에서 냄새 나잖아요!"

"창피해서 못 살겠네."

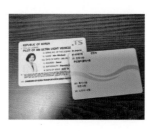

몇 년 전에 드론자격증을 취득했어요.
교육 받느라 300만원 정도 들었을 거예요.
몇 개월 연습하고, 자격시험 보고….

잊고 지내다 문득 떠올라 면허증을 발급받았어요.

모르죠.

먹고살길 없음 시골에서 농약 치게 될지.

레오야, 그거 새 실내화야!

관악구 소재 상담장소 구함

- 규모 : 테이블 1개, 의자 몇개 들어갈 정도
- 비용 : 가능하면 무료 내지 저렴
- 조건 : 사업자등록 가능
- 용도 : 범죄피해자 상담
- 장소 : 관악구 어디든(가능하면 주차가능, 대중교통 인접)

관악구에 빅트리 상담실이 필요합니다.
작년부터 애타게 찾고 있습니다.
아직도 못 구했습니다.

사무실이 없어서가 아니라,
예산이 없어서 못 구한 겁니다.
혹시 사무실 한귀퉁이 배려해 주고 복 받고 싶으신 분,
제발 연락주시기 바랍니다.

오늘, 갑자기 추워진 날씨에,
방 한칸 없는 냥이가 오돌오돌 떨고 있더라고요.

"냥이야, 너는 어디서 사니?"

범죄피해자지원금을 증액하라!!

냥이는 잠깐 망설이다가,
돈 없어 뵈는 아줌마라서인지
무시하고 가버립니다.

"테오, 너는 아니? 엄마 마음을?"

"엄마에게 예산을 줘라!
우리 엄마에게 예산을 줘라!!"

테오가 목청껏 외쳐줍니다.
그럼 뭐하나요.
테오에게는 동전 몇 닢뿐인걸요.

코로나 땜에 모임 취소한다는데,
굳은 술값으로 후원하심이 어떠실런지요.

꿈 깨자!!

정치쇼

"엄마엄마 이리와. 요것 보세요."

"엄마 바쁘시다."

"제발 저랑도 놀아주세요. 효도 많이 할게요."

"뭐하며 놀아줄까?"

"오늘은 이걸로 놀아주세요."

"효도한단 말에 놀아주마."

오늘도 나는 테오에게 속아 봅니다.
테오가 매일 뉴스를 보더니,
정치를 배워 갑니다.
일단 큰소리쳐 놓고 봅니다.
말만 그럴듯 합니다.
실천하는 꼴을 못 봤습니다.
효도,
아마 안 할 겁니다.

"근데 테오야, 누워만 있지 말고 일어나서 뛰어다니며 놀아라."

"엄마, 층간소음 때문에 살인도 하는 세상인데 뛰면 안 되죠!"

암튼 말은 잘해요.
정치하는 테오.

어차피 엄마는 내 손안에 있잖아요.

자두콜라겐

"엄마, 크리스마스 선물 사주세요."

"얼어죽을 크리스마스 선물이라니."

"정말 너무하시네요."

"뭐가 너무하니? 너한테 들어가는 돈이 얼만데."

"제가 남들처럼 학원을 다니나요,
아프다고 병원을 다니나요,
모래를 사용하나요,
가구에 스크래치를 내놓나요?
이렇게 돈 안 들어가는 냥이한테 선물을 안 사주시나요?"

"그건 그렇다만, 돈 없다."

"말이 안 통하네요. 대화 끝이에요."

"가족끼리 그럼 안 되지."

자두맛 츄르인가요?

"그럼 오늘 일정 다 취소하고 저랑 놀아요."

"생각해 볼게. 이거 먹을래?"

"츄르인가요?"

"아니, 자두콜라겐. 콜라겐 덩어리래."

"옆집 개나 주세요. 배신감 느끼네요."

코엑스 푸드엑스포 갔다가 짜먹는 자두를 사 왔어요.
콜라겐 듬뿍이래요.
의성 자두로 만들었데요.
15봉에 19,000원인데 2만원 드리고 거스름도 됐다고 했더니,
한주먹 더 주셨어요.
집에 와서 세어보니 1+1 이지 뭐에요.
사장님 감사합니다. 이거 먹고 10년은 젊어질 것 같아요.

생선 아니고 대선

"엄마, 대선이 뭐에요?"

"생선은 물고기인데, 대선은 큰 고기인가?"

"정말 무식이 통통 튀시네요. 그러니 성공을 못 하시죠."

"엄마 약 올리면 좋니?"

"요즘 TV 켜면 맨날 나오잖아요. 대선!!"

"아, 대통령 선거를 말하는 거야."

"엄마는 누구 찍을 거예요?"

"아무리 친해도 그런 건 물어보면 안 된다."

"왜요?"

"서로 생각이 다르면 싸워서 피곤해져요."

엄마, 정치가 뭔가요?

테오가 정치에도 관심이 있어요.
테오에게 비밀투표에 관해 설명해 주기 싫어서 말을 돌렸어요.

정치, 참 골치 아픈 관심사에요.
이럴 때는 불멍이 답이죠.
머엉~~

총기 소지

"엄마, 우리도 총 사요."

"총은 뭐하게?"

"미국에서는 집에 총 한자루씩 갖고 있데요. 필수품."

"미국은 나라가 커서 경찰서가 머니까 만약을 위해 총을 소지하는 거지."

"한국은 경찰서가 가까운가요?"

"그럼. 좁아터진 땅이라 경찰서가 엎어지면 닿을 정도로 가깝지."

"그래도 총 한자루 사주세요."

"왜 자꾸 총타령이니"

"새 잡게요."

"고양이는 총으로 새를 잡는 게 아니라 직접 잡아야지."

총이 없어도 안심하고 살 수 있는 나라라서 감사해야 하는 걸까요?

총이라도 있어서 나를 보호해야 할까요?

우리도 총 한자루 사요.

사는게 뭔지…

"엄마, 죽으면 어떻게 돼요?"

"사라지는 거지."

"그럼 내 동생이 사라진 거예요?"

"헉! 어떻게 알았니?"

"엄마가 말하는 거 들었어요."

"그랬구나. 어쩌겠니."

"아이고~ 불쌍한 내 동생. 내 동생을 살려주세요."

"그건 불가능하단다. 그래도 혹시 모르니 기도해 보렴."

테오는 이불에 들어가 꼼지락거려요.
기도에 집중하나 싶어서 들여다보니
울다가 잠이 든 모양이에요.

내 동생 찾아주세요.

테오는 울다 잠이 들었어요.

몇일 전에 테오가 살던 시골집에 연락했었어요.

테오를 우리가 데려오고, 테오 대신 여동생을 쥐잡이 냥이로 데려다 놨데요.

그런데 그만…

개가 물어 죽었데요.

"그때 잘 데려가셨슈. 아니면 그놈이 죽었을 거유."

냥이 팔자, 모르는 일이네요.

ps.

냥이는 절대 안 잔데요.

테오도 눈 뜨고 있잖아요.

자는 거 아닐 거예요.

가끔 눈 뜨고 자는 테오 보고 깜짝 놀라게 돼요.

금지곡

날아라 날아라
고뇌에 찬 인생이여
일어나 뛰어라
눕지 말고 뛰어라.

아마 80년대 군사독재시대에 금지곡이었을 거예요.

섬마을엔 또 난방이 중지되었어요.
오늘밤 춥겠죠?

"엄마, 우리도 좋은 집으로 이사 가요."

"엄마도 가고 싶지."

"가면 되겠네요."

"못가."

"왜요?"

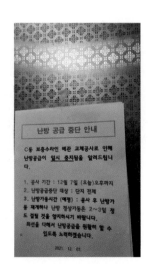

"가면 다시 못 올 것 같아서."

"미련을 갖지 마요. 눈물을 삼켜요, 엄마."

"음, 어디서 많이 들어본 대사 같구나."

"엄마는 입도 예쁘신데 자꾸 삐뚤어진 말씀을 하시네요. 가사겠죠."

"잘났다 이눔아!"

"애들한테 욕하는 것도 정서학대입니다."

"다 내가 잘못했다."

배 부르고 등 따시면 장땡이죠.

"그럼 나가실 때 방문 꼭 닫아주세요. 바람 들어와요."

테오는 집구석에서 하나뿐인 난로를 차지하고 누웠어요.
오늘밤 우리집은 전기장판 총출동할 겁니다.
섬살이는 고달파요.

날아라 날아라, 고뇌에 찬 인생이여!

애들 다 버리겠어요

"테오, 뭐하니?"

"내 꼬추에 점 있나 살펴보는 중이에요."

"출마할 것도 아닌데 뭐하러 쓸데 없는 짓을 하니?"

"혹시 모르잖아요. 미리 챙겨야지요."

"우리 집안에서 정치는 절대 안 된다."

"그러지 마시고 저도 성형해 주세요. 고급지게요."

"성형은 왜?"

"라나 정도 출입하려면 좀 꾸며야 할 것 같아서요. 턱은 돌려깎고, 눈도
더 올리고, 코도 더 세우고."

"테오, 너 TV 시청 금지다."

"그러실 것 같아서 돌아앉았잖아요. 안 본다 안 봐!"

"그 상태 계속 유지해라!"

정말 못살겠어요.
애들에게 보여줄 게 없어요.
애들 다 버리겠어요.

혹시 모르잖아요. 미리 준비해야죠.

이게 왠 떡?

코로나 덕분에 느닷없이 시간이 남아돌아요.
오전 약속 2건이 취소되었어요.
확진자와 동선 겹쳐서 격리 중이랍니다.

"엄마, 이거 왠 과자에요?"

"엄마 드시려고."

"기껏 살 뺀다고 식전 댓바람부터 씩씩거리며 찬바람 속에 동네 반바퀴 돌고 오시더니, 이러시면 공든 탑이 무너져요."

"그래도 먹고 싶은 건 먹어야 하지 않을까?"

"사람이 하고 싶은 거 다하면 나중에 큰일 못해요."

"그럼 남는 시간에 뭐할까?"

"책 읽으세요. 이리 와서 책 골라보세요. 요즘 분위기에 맞게 정치학 서적으로요."

글쎄요.

어디 드라이브라도 가볼까?

먹자니 살이 찌겠고, 안 먹으면 엄마가 먹을 것 같고…

더부살이 설움

"타향살이 몇 해던가 손꼽아 세어보니…"

"테오야, 구석에서 왜 그러고 있니?"

"제가 얹혀산다고 너무 구박하시는 것 같아서요."

"말을 안 해서 그렇지, 너는 똥 싸놓고 오줌 싸놓고 치우지도 않지, 밥도 많이 먹지, 매달 생활비도 안 내지. 그런데 고맙다는 말은커녕 불만만 많잖아."

"에구, 고만하세요. 더부살이하는 것도 서러운데 그렇게 구박하시면 눈물이 앞을 가려요."

나도 눈물이 앞을 가립니다.
나 잘 먹고 잘 살자고 이러고 다니는 것 아닌데,
너무 서러움 주니 가슴이 아픕니다.
빨리 예산 받아 떳떳하게 상담실 마련하여 편하게 피해자들 상담하고 싶습니다.
이럴 때마다 내가 왜 이러고 살아야 하나 싶습니다.

그렇지만 내가 포기하면,
그나마 힘없고 돈 없어 의지할 곳도 없는 피해자들 손은 누가 잡아주려
나 싶어,
다시 마음을 다잡아 봅니다.

그래서 도토리묵을 쑤었어요.
참기름 몇 방울 떨구고 쑤었어요.
어머나, 정말 맛있는 묵이 되었어요.
낼 아침에 먹어야겠어요.
모두 잘 자요.
훌쩍, 뚝!

더부살이의 서러움을 누가 알까냥.

그루밍 성범죄

"테오야, 엄마랑 뽀뽀하자."

"싫어요. 안 해요."

"한 번만 뽀뽀하자. 추르 줄게."

"이런 식으로 그루밍하지 마세요!"

"엄마한테 못 하는 말이 없구나. 치사하다. 관둬라."

"저는 거부할 권리가 있단 말이에요."

궁금한이야기y
오늘의 주제 : 그루밍

---

* **그루밍(grooming)** : 대상 피해자를 상당기간
동안 친절을 베풀어 환심을 산 후 성폭행으로
연결하는 행위. 협박하거나 사랑한다고 착각
하게 설득하여 신고를 못하도록 회유하는 범
죄. 결국 피해자가 신고하더라도 가해자가 무
혐의를 받기도 한다.

감히 저에게 뽀뽀를 하려 들다니요.

중요한 건 진실

"나도 새로 태어나볼까?"

"뭘로 태어나시게요?"

"미녀로."

"그게 가능한가요?"

"어머니가 날 낳으시고, 의느님이 날 새로 만드신단다."

"돈 많으면 하세요."

"근데 나중에 말이 많아지면 어쩌지? 큰일 못하게 될까 봐 겁난다."

"엄마, 중요한 건 진실이에요. 성형을 한 건 문제가 아니에요. 얼굴이 예쁜 것도 잘못이 아니에요."

"그럼 뭐가 문제지?"

"진실이라니까요. 그 사람들이 범법행위를 했는지가 중요한 거죠."

그래.

문제는 외모나 과거가 아니라,

그녀들이 범법행위를 저질렀는지가 중요하단 말이야.

돌려 깎는다고 다 미녀가 되는 건 아니라고요.

남들 다 갖고 있는 안마건

"엄마, 또 뭘 사들인 거예요?"

"필요한 것 구매했지."

"그만 사들이세요. 집에 잡동사니가 많아서 뛰어다닐 수가 없어요."

"이놈아! 남들 다 있다는 안마건, 엄마도 한 게 사들였다."

"그런 건 뭐하러 사요? 제가 꾹꾹이 해드리면 되잖아요."

"관둬라. 앓느니 죽겠다."

"저도 허리가 뻑적지근한데 허리 암마 좀 해줘 보세요."

안마건,
남들에게 생일이라고 선물로 줘봤는데 정작 나는 없었어요.
나도 한개 구입했어요.
연말이라고 80% 에누리한다기에 저질렀습니다.
뭐, 몇 푼 한다고 잔소리를 한 바가지 들었습니다.
서러워서 못살겠어요.

오늘 밤엔 안마건 한번 지대로 작동시켜 봐야겠습니다.

허리가 뻑적지근해요. 안마기 좀 대줘보세요.

비혼주의자 테오

"엄마, 저는 결혼 안 할 거예요."

"왜?"

"나중에 큰일 하려는데 배우자 땜에 앞길 막힐까 봐요."

"이혼하면 되지. 미혼대통령도 있던 나라인데 이혼대통령은 안 되란 법은 없잖아?"

"복잡해요. 그래서 난 결혼 포기할래요."

"네 행실이나 잘하고 다녀라. 총각 행세하지 말고."

"엄마, 저 총각이거든요!"

"미안. 그렇지만 시골깡촌 출신이라는 둥, 쥐잡이냥이의 어려움을 극복했다는 둥, 그런 건 고만 우려먹어야지."

"머리 아프네요. 그럼 뭘 내세우나요?"

결혼은 안 할 거예요. 그런데 혼자 살기는 싫어요.

"너의 특기는 밥 잘 먹고 똥 잘 싸기!"

"도움이 안 되는 엄마네요. 고만하시죠. 그렇게 말씀 잘하시며 왜 예산은 한 푼도 못 받아 오세요?"

"집에 꿀 떨어졌나 보다. 엄마가 꿀을 다 먹은 것 같다."

누가 대통령이 되든 말든,
바뀌는 건 없을 것 같고.
누가 영부인이 되든 말든,
되고 나면 미화될 것이고.
에라 모르겠다.
나는 꿀 먹은 벙어리가 되어야겠어요.

군밤타령

바람이 분다, 바람이 불어
연평바다에 어얼싸 봄바람 분다
얼싸 좋네 아 좋네 군밤이여
에헤라 생율밤이로구나.

섬바람은 무서워요.
귀때기가 시려워요.
강아지도 옷 입을 정도로 추워요.

그래서 나도 장만했어요.
군밤 장사 모자.
엄청 따뜻해요.
머리에 불나게 따뜻해요.
근데 너무 군밤 장사 같아서 쓰고 다니지는 못하겠어요.

허리가 길어서 슬픈 짐승이여!

꿩 대신 닭, 군밤 대신 생율.

군밤은 못 먹고 생율을 먹어요.

"엄마는 배가 엄청나게 나왔어요."

"고만해라. 내일부터 열심히 살 뺄 거다."

"제발 고만 드세요."

살다살다 내가 냥아치 잔소리 들으면 살 줄 몰랐어요.
바람이 분다
바람이 불어….

안마

"엄마, 저 안마 해주실래요?"

"음, 너무 바쁜데 한번 생각해볼게."

"엄마는 항상 바빠서 저랑 놀아주지도 않고 안마도 안 해주시네요"

"이놈아, 네가 바쁜 엄마에게 안마를 해 줘야지."

"치, 자꾸 그러면 꾹꾹이도 안 해 줄 거예요. 이제부터 손절이에요."

헉!
이럴 때는 뭐라고 해야 하나요?
안마기로 테오 안마해드려야 하나요?
오늘은 일단 장난감으로 좀 놀아줘야겠어요.

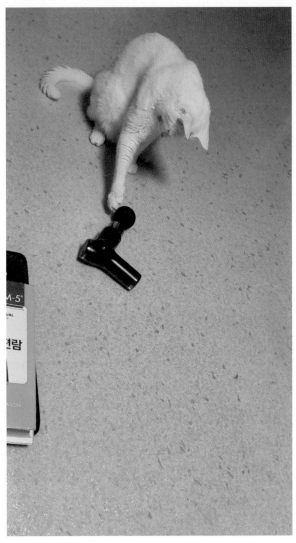

무용지물 안마기네요. 갖다 버리세요.

김장나눔

5kg 42박스
피해자분들께 배달했습니다.
오늘 많이 춥더라고요.
내일은 주말이고, 맡길 곳도 없어 열심히 배달했어요.
점심은 거르고, 저녁은 굶었어요.
밤 12시 넘어 식사 중이에요.

돌아다니느라 방송 못 봤어요.
궁금한이야기y.

"엄마, 사진 내리세요."

"왜?"

"구려요."

"기분 나쁘다."

"그리고 일찍 일찍 다니세요. 주부가 이렇게 늦게 들어오면 안 되죠."

"어이가 없네."

"됐고요. 약속대로 안마나 해주세요."

허참!
아직 입에 넣은 밥도 삼키기 전에 구박을 받으며 안마를 해줘야 하네요.
저, 이러고 살아야 하나요?

엄마, 부러우면 지는 겁니다. 그래도 레오가 부러우시죠?

개나 줘버릴 학위

"엄마, 허위학력이시죠?"

"왜 엄마를 의심하니?"
"박사학위를 2개나 갖고 있다면서 왜 그러고 사세요?"

"내가 어때서?"

"남들처럼 대학교수도 못하죠, 방송에 맨날 출연하는 것도 아니죠, 돈을 많이 버는 것도 아니죠."

"대학교수는 실력으로 되는 게 아니야. 소개를 잘 받아야 한다잖니."

"방송은요?"
"내 남편이 검사가 아니잖아."

"햐~ 정말 핑계가 찰떡같네요."

"내가 생각해도 내가 한심하다."

"아이고 지겨워. 언제나 공정한 사회가 될까요?"

"공정한 사회는 유토피아 같은 허상이야."

학위기를 갖다버리던가 해야지, 원.
쪽 팔려서 살겠나.

학위기 버릴 거면 저에게 주시죠.

연말 후원

국내산 덴탈마스크 2만장을 후원 받았습니다.
며칠 동안 3분지 1을 나눔했습니다.
나머지도 몇일 내로 소진할 예정입니다.
기부물품 나눔도 예쁘게 포장해서 보냅니다.

팔자 좋은 테오는 누워서 인사합니다.

"엄마, 이제 들어오시는 거예요?"

"일어나서 인사하면 좋겠다."

"엄마 목소리가 이상해요."

"기부물품 정리하느라, 먼지 먹어서 그런가 봐."

"날씨도 추운데 고만 돌아다니세요."

"엄마 걱정하는 냥이는 너뿐이구나."

"고마우면 500원!"

요즘 동전 갖고 다니는 사람이 어디 있다고….

암튼 기부물품 보내주시는 분들께 진심으로 감사드립니다.
덕분에 어깨는 좀 뻐근하네요.
안마건 사용해야겠어요.

어서 오세요 어머니. 소자는 먼저 취침합니다.

사랑의 재개발

싹다 갈아엎어주세요
머리부터 발끝까지
나비하나 날지 않던
나의 가슴을
그대 이름으로 덮어버려요.
사랑의 재개발.

보일러는 또 터지고⋯
추워 죽겠습니다.

어제 밤 늦게까지 돌아다녀서,
오늘은 눈도 오니 집 쿡하려 했는데,
보일러가 또 터졌답니다.

추워서 옷 껴입고, 양말 신고 버텨요.

"엄마, 이불 속은 따스해요."

"전기장판 켜서 따스한 거다."

하얀 눈이 온다구요.

270

"온 집 안에 전기장판 켜놓으세요."

"전기요금은 어케 다 감당을 하라고?"

"그럼 이사하던가요."

에구, 이사는 쉬운가요.

이런 날씨에는 이불 속이 제일 안전합니다.

서산생강 사세요

테오 고향은 태안이죠.

2년 전까지 테오의 고향 서산에서 생강과 고구마를 주문해 먹었어요.
농부님과 갑자기 연락이 끊겨 안타까웠는데,
다시 연락이 닿았어요.

농부님께서 직접 농사지은 서산생강을 구입하여 생강청을 만들었어요.
엄청 진합니다.

생강 다듬느라 손가락에 물집이 잡혔어요.
올해는 생강을 다져서 만들어봅니다.

아끼던 0(제로) 칼로리 설탕을 넣었어요.
내일부터 상담실 오시는 분들께 생강차 드려야겠습니다.

"테오야, 생강차 한잔 마시자."

"엄마, 저는 매운 거 못 마시잖아요."

"그래도 네 고향에서 온 생강이니 한 모금만 마셔봐."

"저는 이불 속에서 꿈이나 꿀래요. 엄마 많이 드시고 상담 열심히 하세요."

따끈한 생강차 몇 모금에 목이 시원합니다.
정말 생강향이 강해요.
손가락도 얼얼합니다.

김동우 : 010. 9257. 1345
(10키로 45,000원)

서산생강으로 만든 생강차

엄마나 많이 드세요. 제발 저 귀찮게 하지 마시고요.

우울증

"엄마, 저 우울증 같아요."

"네가 왜? 그럴 리가."

"자꾸 졸리워요."

"입맛도 없니?"

"글쎄요… 밥은 계속 먹어요."

"그럼 놀이도 싫니?"

"아무도 안 놀아줘서 못 놀죠."

"우울증은 개뿔 무슨 우울증. 게을러서 맨날 잠만 자는 거 같구먼."

"저 정신건강의학과 진료 받아야 하는 거 아닌가요?"

"귀신 씨나락 까먹는 소리 그만하고 얼른 일어나라."

테오가 심심했나 봅니다.

정말 미안합니다.

내 일이 많아 테오랑 놀아주지 못했습니다.

---

* 우울증 :

    1. 2주 이상 지속되는 우울

    2. 일상에 흥미상실

    3. 식욕감소 또는 증가

    4. 불면 또는 과다수면

    5. 초조 또는 느림

    6. 피곤

    7. 죄책감, 무가치감

    8. 집중력 저하

    9. 자살사고

5개 이상이면 빨리 치료 받으세요.

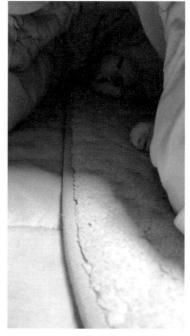

굴 파고 들어간 귀차니스트 테오

1억만 쏴주세요

"엄마, 저랑 대화 좀 해요."

"무섭게 갑자기 왜 들이대니?"

"내 통장에 1억만 쏴주세요."

"기가 막혀서. 네가 뭐 하려고 돈을 달라니?"

"가난하고 배운 것 없는 사람은 자유가 뭔지를 모른대요."

"사람 말은 끝까지 들어봐야 하는 거야. 그러니까 가난한 사람 돕겠다,
뭐 그런 말 아니겠니?"

"아뇨. 저도 학교 다니려고요."

거참, 파장이 큽니다.
하루종일 일하고 들어왔더니
테오가 몰아붙이네요.

테오 줄 돈이 있다면 재단을 설립했을 겁니다.

저에게 1억만 투자해 주시겠어요.

정치가 애들을 버려놔요

"엄마, 저 주민등록증 만들어주세요."

"그건 뭐하려고?"

"누가 대통령 되면 생일에 케익 보내준다잖아요."

"헐~"

"그리고 국민의 적인 국회의원들을 정신교육대 보낸 데요."

"신난다. 재미난다."

"글쵸? 빨리 민증 만들어주세요. 저도 투표하게요."

왜 헛소리를 해서 애들한테 바람을 넣을까요?
그래도 재미 나네요.

제 주민등록번호는 몇 번인가요?

성탄절

예수님.
생신 축하드립니다.
인류를 위하여 이 땅에 오신 주님.
인간의 원죄를 사하시기 위해 목숨을 버리신 주님.
감사드립니다.

주님.
2021년 참 열심히 노력했습니다.
피해자를 위해 상담, 지원…
미력하나마 주님께서 허락하신 범위 내에서 열심히 달렸습니다.

주님.
제가 많이 힘듭니다.
능력이 작음에도 자꾸 일을 하겠다고 벌려놓다 보니, 힘에 겹습니다.
밤마다 저를 질책하고 있습니다.
포기하고 싶을 때가 있습니다.
너무 힘들어 눈물이 흐릅니다.

주님.
도와야 할 피해자는 많고, 도울 사람은 적습니다.

주여, 크리스마스에 귤 한 개가 뭡니까?

부디 협력할 자들을 보내주시기 바랍니다.

주님.
빅트리가 해야 할 일들이 너무 많습니다.
부디 예산을 받을 수 있는 길을 알려주소서.
이왕이면 가진 자들이 마음을 열어 피해자를 위해 기부할 수 있도록 힘써 주소서.

주님.
모든 기도는 저의 인간적인 마음입니다.
부디 주께서 예비하신 대로 인도하여 주소서.
모든 것을 주께 맡깁니다.

주님.
제가 인연을 맺고 있는 모든 분들을 축복하소서.
제가 감히 고르고 골라 인연을 맺은 분들입니다.
예수그리스도 이름으로 기도드립니다.
아멘!

주님.
성탄에 선물 하나 보내주세요.
치사하게 엄마는 귤 한개 굴려주고 땡 치십니다.
거의 아동학대 수준입니다.

주님.
저도 남의 집 애들처럼 선물박스 받고 싶습니다.
왜 우리 집엔 굴뚝이 없나요?
제 양말은 너무 작아 숨겨놨습니다.

주님.
부디 연말연시에 저에게도 선물 보내주시기 바랍니다.
아멘!

정치는 코미디

"엄마, 저도 정치나 할까봐요."

"그런 짓 하면 안 된다고 했잖아."

"뭐, 잘못한 거 많으면 정치하던데요?"

"네가 감히 그런 말을 하다니."

"잘못해도 드러나면 사과하고, 걍 넘어가면 그만이잖아요."

"정치는 관두고 차라리 연기를 해라."

"정치를 하든 연기를 하든 일단 성형부터 시켜주세요."

"공연히 돈 쓸 생각 말고 제발 자중해라."

"저도 눈물연기 잘해요. 보세요. 시무룩~"

"그 정도의 감정연기로는 부족해. 눈 더 깔어."

"그렇다면 불임수술한 것도 밝히고, 엄마 손 할퀸 것도 밝히고… 그러면 되지 않을까요?"

"그래도 안 된다. 아빠가 검사 출신이 아니고 엄마는 교수를 접었잖니."

"에이, 되는 게 하나도 없네."

내 직업에 대해 곰곰이 생각해 봐야겠어요.

10번 찍어 안 넘어가는 나무 없다 : 스토킹처벌법

테오랑 숨바꼭질을 해요.

"찾았다 요놈!"

"엄마, 제발 그만 따라다니세요."

"네가 숨으니까 엄마가 찾아내는 거야."

"숨는 사람 찾아다니는 건 범죄예요."

"보고 싶으니까 찾아다니지."

"그러지 마세요. 그거 스토킹이에요. 신고하면 처벌 받아요."

"헐~ 정말 이러기야?"

"좋은 말할 때 물러가 주세요."

냥아치한테 수모를 당할 줄 몰랐어요.

오늘의 주제 : 싫다는 사람 쫓아다니면 깜빵 갈 수 있어요.

요즘 스토킹피해자 상담이 많아요. 가해자는 남자가 많지만, 여자도 있어요.

제발 싫다는 사람은 따라다니지 마세요.

---

* **스토킹처벌법** : 신고하면 100미터 이내 접근금지, 전화 걸어도 안 됨. 3년 이하의 징역 또는 3천만원 이하의 벌금.

너무 잘 생겨도 피곤하다니까요.

머리 검은 짐승은 거두는 거 아니라는데

"테오야, 대화 좀 하자."

"말씀하세요."

"너는 왜 머리에 까만 브릿지를 했니?"

"날 때부터 그랬을 거예요."

"너, 사람들한테 인기 끌려고 까만 머리카락 심은 거지?"

"허참, 대화하자고 불러놓고 그게 할 말이에요?"

"왜 화를 내니?"

"뭔 중요한 말씀 하시나 보다, 기대했더니 그게 뭔 말씀이세요? 실망이에
요."

내가 실수를 한 건가요?
까만 머리카락이 특이해서 물어본 건데, 왜 화를 내나 몰라요.
미안하다 테오야, 2022년부터는 네가 싫어 하는 것 안 할게.

선거판에서 정치는 안 하고 남의 '머리카락이 많네 적네'하며 놀리고 있데요.

테오는 왜 까만 브릿지를 했을까요?

검은 머리 파뿌리 될 때까지 같이 살자!

쥐잡이 냥이의 묘생역전 (하)

초판인쇄 2022년 11월 1일
초판발행 2022년 11월 8일

지은이 안민숙
발행인 조현수
펴낸곳 도서출판 프로방스
기획 조용재
마케팅 최관호, 최문섭
교열 · 교정 이승득

주소 경기도 고양시 일산동구 백석2동 1301-2
      넥스빌오피스텔 704호
전화 031-925-5366~7
팩스 031-925-5368
이메일 provence70@naver.com
등록번호 제2016-000126호
등록 2016년 06월 23일

정가 18,000원
ISBN 979-11-6480-262-3 (04810)
    979-11-6480-265-4 (04810) (세트)